Helmut Ricnter

Rentner müdür

Emekli baba

Helmut Richter

Rentner müdür

Emekli baba

Die konkreten Handlungen und die handelnden Personen dieses Buches sind absolut frei erfunden. Jede Ähnlichkeit mit toten oder lebenden Personen oder Persönlichkeiten des öffentlichen Lebens ist nicht beabsichtigt und wäre rein zufällig.

Was meistens, wenngleich auch nicht immer, stimmt, sind die Geschehnisse an sich. Die gab bzw. gibt es zum Teil wirklich, allerdings nicht an einem einzelnen Berufskolleg, sondern an vielen verschiedenen Schulen, die in diesem Buch alle ans Georg-Kerschensteiner-Berufskolleg verlegt worden sind, zudem sind sie aus verschiedenen Gründen pointiert und überzeichnet.

Die Geschichten um Horst und Herbert Reiter und ihre Konzertgitarren wollen die Realität nicht getreu abbilden. Sie dienen nur der Unterhaltung der geschätzten Leserschaft.

Die im Buch genannten Musikstücke sowie die Musik zu meinen anderen Büchern können bei den entsprechenden Internetportalen (z. B. Spotify, Amzon music, YouTube etc.) abgerufen werden.

Der Verkaufserlös des Buches wird karitativen Institutionen gespendet.

Bibliografische Information der Deutschen Nationalbibliothek: Die Deutsche Nationalbibliothek verzeichnet diese Publikation in der Deutschen Nationalbibliografie; detaillierte bibliografische Daten sind im Internet über www.dnb.de abrufbar.

© 2023 Dr. Helmut Richter

Umschlagkonzept: Helmut Richter, Alina Richter

Herstellung und Verlag: BoD – Books on Demand, Norderstedt

Printed in Germany

ISBN: 978-3-7578-5188-0

Helmut Richter

Rentner müdür

Emekli baba

Für meine Mädchen
und meine Engelchen

Lehrermangel und fehlende Schulleitungen im Land veranlassen die Landesregierung, pensionierte Lehrkräfte und Schuldirektoren mithilfe des (realen) „Opa-Erlasses" zu reaktivieren. So auch Oberstudiendirektor a. D. Herbert Reiter, der nach vier Jahren Pensionärsdasein zur Wiederaufnahme seines Dienstes an einer Problemschule, dem Georg-Kerschensteiner-Berufskolleg (GKBK) in Duisburg, überredet wird.

Schon bei der offiziellen Einführung der neuen Schulleitung am GKBK kommt es zum Eklat, weil das Kollegium heftig gegen „den Alten" protestiert und sich gegen die neue Leitung stellt.

Als neuer Schulleiter löst Herbert Reiter, teilweise zusammen mit seinem Bruder, Kriminalkommissar Horst Reiter, mit Humor und Chuzpe zahlreiche inner- und außerschulische Probleme, die übrigens größtenteils auf wahren Begebenheiten beruhen.

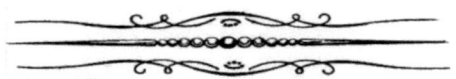

Die im Buch genannten Musikstücke sowie die Musik zu meinen anderen Büchern können bei den entsprechenden Internetportalen (z. B. Spotify, Amzon music, YouTube etc.) abgerufen werden.

Inhalt

Krisensitzung im Ministerium

Typisches Aprilwetter – kalt und regnerisch. Missmutig betrat Ministerialdirigent Dr. Rigulski das Gebäude des Schulministeriums, grüßte mit einem knappen Kopfnicken den Portier und betrat den Aufzug. Er drücke den Knopf zur vierten Etage, dort war sein Büro. Die Ministerin hatte für 9.00 Uhr zu einer dringenden Konferenz geladen. Der Assistent der Ministerin hatte bereits um 7 Uhr bei ihm zu Hause angerufen und ihn informiert. Einziger Tagesordnungspunkt: »Lehrermangel«. Rigulski ahnte, dass es wieder einmal schwierig werden würde. Die Ministerin wollte ein Problem möglichst schnell gelöst haben. Ein Problem, für das es aus seiner Sicht keine Lösung gab.

Es blieb noch etwas Zeit für einen Kaffee, den seine Sekretärin bereits auf seinen Schreibtisch gestellt hatte. Daneben lagen die aktuellen Ausgaben verschiedener Tageszeitungen, zuoberst eine Boulevardzeitung mit zentimetergroßen Lettern auf der Titelseite. »Geht unsere Bildung baden?« stand dort, und: »15000 Lehrer fehlen.«
»Na ja, diesmal stimmt die Schlagzeile ausnahmsweise, wenigstens fast. Es fehlen die *Iinnen«, murmelte er vor sich hin. »Aber abgesehen davon: *so* neu ist das Problem ja nicht.« Er blätterte die anderen Zeitungen durch – in allen wurde der Lehrermangel ebenfalls thematisiert, oder besser: dramatisiert.

»Das wird ja eine schöne Sitzung werden«, dachte er. Insgeheim war er froh, im Ministerium für die berufliche Bildung an Schulen zuständig zu sein. Sein

Bereich stand nicht so sehr im Fokus der Öffentlichkeit wie die Allgemeinbildenden Schulen, insbesondere die Grundschulen und die Gymnasien, die Schlachtschiffe der höheren Bildung im Land.

»Ihr Termin bei der Ministerin«, mahnte seine Sekretärin über die Sprechanlage zwischen ihrem und seinem Schreibtisch. »Sie haben noch fünf Minuten.« Hastig trank Rigulski seinen Kaffee aus, rückte noch einmal seine Krawatte zurecht und verließ sein Büro in Richtung des Konferenzraumes auf der gleichen Etage.

Seine Kollegen aus den verschiedenen Bereichen des Schulwesens waren bereits im zeitgeistig kühl eingerichteten Konferenzraum anwesend. Anders als sonst wurde nicht angeregt diskutiert, vielmehr starrten sie alle schweigend vor sich hin. Rigulski grüßte in die Runde und setzte sich möglichst weit weg von dem Stuhl, den die Ministerin gewöhnlich einnahm.

Pünktlich um 9 Uhr betrat die Ministerin, gefolgt von ihrem Assistenten, den Raum und setzte sich an das Kopfende des Konferenztisches.

»Guten Morgen, meine Damen und Herren«, begann sie. »Ich weiß, eine Konferenz direkt an einem Montagmorgen ist nicht schön, aber es brennt!« Dabei ergriff sie die von ihrem Assistenten bereitgelegte Zeitung mit den Großbuchstaben und hielt die Titelseite für alle sichtbar hoch.

»Das haben Sie sicherlich schon gelesen«, setzte sie fort. »Mein Telefon steht seit 8 Uhr nicht mehr still, sogar der Ministerpräsident hat in der Früh bei mir angerufen, ganz zu schweigen von den Eltern- und Lehrerverbänden.«

»Kurz vor den Landtagswahlen liegen die Nerven schnell blank«, dachte Rigulski mitleidslos. »Drei Jahre alles schleifen lassen und dann vor der Wahl die Welle machen! Es ist immer das Gleiche.« Er war sich sicher, dass seine Kolleginnen und Kollegen, die alle, so wie er auch, betroffen vor sich hinstarrten, ähnliches dachten. »Hinzu kommt diese elende Folge von Schlappen aus dem Ministerium«, sinnierte er weiter, »angefangen beim Fehlversuch der verkürzten Gymnasialzeit bis hin zu den höchst peinlichen Fehlern beim Zentralabitur. «

»Wir müssen kurzfristig eine Lösung anbieten«, fuhr die Ministerin fort, während sie die Zeitung unwillig auf den Tisch warf. »Ich erwarte ihre Vorschläge.« Betretenes Schweigen lag bleischwer im Raum.

Der zuständige Ministerialrat für die Grundschulen, Dr. Schreiber, kam als Erster aus der Deckung. »Wie Sie wissen, haben wir schon vor zwei Jahren damit begonnen, den Lehrerberuf für Studierende attraktiver zu machen. Allein es fehlen die Studierwilligen, zumindest diejenigen, die Mangelfächer wie beispielsweise Naturwissenschaften studieren wollen«, eröffnete er die Diskussion. »Wir können die Studierenden ja nicht zwingen.«

Die anderen Konferenzteilnehmer nickten zustimmend.

»Wir können uns den Lehrernachwuchs nicht backen, leider«, ergänzte Dr. Schreiber mit wichtiger Miene. Erneutes zustimmendes Kopfnicken allerseits.

»Zudem sind die meisten Kollegien an den Schulen total überaltert«, setzte der für die Realschulen zuständige Beamte fort. »Das Problem wird sich also durch auf uns zukommende Pensionierungen weiter verschärfen, denke ich. Besonders an den Grundschulen, an den Realschulen und an den Berufskollegs ist die Situation aber jetzt schon grenzwertig.«

»Nicht zu vergessen seien die Gymnasien«, warf Dr. Prestorius, der für die Gymnasien zuständige Ministerialbeamte, ein. »Wir können an vielen unserer Schulen jetzt schon den Lehrplan nicht mehr erfüllen.«

»Dann kommen Sie doch bitte einmal an die Realschulen«, protestierte sein Kollege. »Dagegen ist der Mängel an Ihren Schulen ein Witz.«

»Das Lamentieren bringt uns nicht weiter«, fuhr die Ministerin unwillig dazwischen. »Wir benötigen Lösungen, und zwar schnellstens. So etwas wie den OPA-Erlass, den wir vor einigen Jahren herausgebracht haben, damit Lehrerinnen und Lehrer auch nach dem Erreichen der Altersgrenze weiter unterrichten dürfen.«

»Wenn ich mich recht erinnere, dann war das noch unter der Leitung ihrer Vorgängerin«, dachte Rigulski, fest entschlossen, erst einmal weiter in der Deckung zu verbleiben.

»Der wird aber bedauerlicherweise nicht im notwendigen Umfang wahrgenommen«, warf Dr. Schreiber ein. »Die meisten Lehrkräfte sind froh, wenn sie den Dienst verlassen können. Außerdem ist der finanzielle Anreiz, insbesondere an den Grundschulen, nicht so groß.«

»Vielleicht könnten wir die Akquise optimieren«, meldete sich Dr. Prestorius erneut zu Wort. »Bislang werden die Lehrkräfte in ihren Entlassungsschreiben aus dem Dienst darauf hingewiesen, dass diese Option besteht. Das ist alles. Aus meiner Sicht wäre es erfolgversprechender, Pensionäre direkt zu kontaktieren. Die relevanten Daten könnten wir vom Landesamt für Besoldung erhalten.«

Die anderen Teilnehmer der Runde freuten sich über den konstruktiven Vorschlag und nickten zustimmend.

»Das ist eine gute Idee!«, sprang ihm der Beamte aus der Rechtsabteilung zur Seite. »Wir könnten auf diesem Weg auch Pensionäre reaktivieren, die schon seit Längerem aus dem Schuldienst heraus sind und sich jetzt langweilen, nachdem sie sich „selbst verwirklicht" haben.« Dabei hob er beide Arme und malte mit seinen Fingern Gänsefüßchen in die Luft.

Ein zustimmendes Raunen ging durch die Runde.

»Außerdem könnten wir pensionierte Schulleitungen ansprechen, damit sie für eine gewisse Zeit offene Schulleitungsstellen besetzen«, setzte er fort, wohl wissend, dass die zahlreichen vakanten Leitungsstellen an Schulen ein weiteres Problem der Ministerin waren.

»Da punktet gerade jemand gewaltig«, dachte Rigulski. »So, wie der buckelt, hat er sicher noch eine Karriere vor sich.«

»Was schätzen Sie – wie viele Lehrkräfte würde uns das bringen?«, fragte die Ministerin in die Runde.

»Das ist schwer zu sagen«, antwortete Dr. Schreiber. »Ich vermute aber, dass wir auf diesem Weg um die 1000 Lehrerstellen abdecken könnten. Inklusive des bereits vorhandenen Opa-Erlasses.«

Zustimmendes Nicken der Teilnehmenden.

Die Laune der Ministerin hellte sich etwas auf. »Gut. Das ist besser als nichts! Zudem müssen wir der Öffentlichkeit das Signal geben, dass wir der Entwicklung nicht tatenlos zusehen. Bitte bereiten Sie alles Notwendige vor und instruieren Sie Ihre Dezernate.«

Im Konferenzraum machte sich eine gewisse Erleichterung breit. Die von allen Teilnehmern insgeheim befürchtete Beschimpfung durch die Ministerin blieb aus. Dr. Rigulski war trotzdem froh, dass er die Besprechung zumindest verbal außerhalb der Gefahrenzone verbracht hatte.

»Meine Damen und Herren, ich danke Ihnen«, schloss die Ministerin die Runde in versöhnlichem Tonfall. »Ich denke, wir sind heute ein gutes Stück weitergekommen. Also: An die Arbeit, meine Damen und Herren!«

»Was soll das nur werden?«, fragte sich Rigulski auf dem Rückweg zu seinem Büro. »1000 Stellen! Solch ein Nonsens! Wer lässt sich denn für ein paar Euro mehr im Monat aus der Pension reaktivieren, um sich dann auch noch mit Schülern, Eltern und Kollegen herumzuärgern? Bestenfalls ein paar Profilneurotiker, die glauben, auch nach ihrer Pensionierung noch unverzichtbar für das Bildungswesen zu sein.«

Hocherfreut nahm er zur Kenntnis, dass seine Sekretärin erneut einen Kaffee für ihn bereitgestellt hatte. »Machen Sie mir bitte eine Verbindung mit Herrn Berkel in der Bezirksregierung«, sagte er zu ihr, nachdem er einen Schluck getrunken hatte. »Ist dringend!«.

In der Bezirksregierung

»Da haben sich die im Ministerium ja wieder einmal etwas ausgedacht! Und wir dürfen die Suppe wie immer auslöffeln«, sagte der Leitende Regierungsschuldirektor Klaus Berkel zu seinem Kollegen Dietmar Hornig.

Beide saßen zusammen an einem Besuchertisch in Berkels Büro in der 4. Etage des Gebäudes der Bezirksregierung. Jeder von ihnen war zuständig für jeweils 15 Berufskollegs im Regierungsbezirk.

»Hattest du etwas anderes erwartet?«, erwiderte Hornig. »Wenn du mich fragst: Viel wird dabei nicht herauskommen. Es ist wie immer: Viel Augenwischerei, um die öffentliche Meinung zu beruhigen und um bei der nächsten Wahl nicht schlecht dazustehen.«

Berkel nickte zustimmend und nippte an seinem Kaffee. »Mir persönlich wäre es recht, wenn die nächste Wahl anders ausgehen würde«, antwortete Berkel grinsend. »Aber wer fragt schon uns?«

»Das ist doch egal. Als gute Beamte haben wir das umzusetzen, was im Ministerium beschlossen wurde«, setzte Hornig süffisant fort. »Wenn es nachher Probleme gibt, dann haben *wir* zumindest unsere Pflicht erfüllt.«

»Du hast, wie immer, recht. Ich denke, für unsere Berufskollegs ist die Besetzung der naturwissenschaftlichen Fächer vorrangig. Insbesondere Mathematik und die beruflichen Fächer im gewerblich-technischen Bereich können nicht mehr ausreichend abgedeckt werden.«

»Ja, Klaus, aber wir dürfen die vakanten Leitungsstellen nicht vergessen. Ich habe allein vier Berufskollegs in meinem Bezirk, die ohne Schulleitung dastehen«, gab Hornig zu bedenken.

»Bei mir sind es immerhin sechs«, setzte Berkel nachdenklich fort. »Das sind zusammen allein bei uns zehn Schulen, an denen der Lehrermangel durch eine fehlende Leitung noch nicht einmal verwaltet wird. Ein doppelter Mangel, sozusagen.«

»… zumal wir diese Stellen nicht durch leitungsunerfahrene Lehrkräfte besetzen können«, stimmte Hornig zu. »Die würden das vorhandene Chaos eher vergrößern.«

»Ich denke, wir sollten uns deshalb erst einmal auf die Leitungsstellen konzentrieren – um die Lehrerstellen können die sich dann vor Ort kümmern«, schlug Berkel vor.

»Gute Idee! Hast du schon jemand im Auge?«, fragte Hornig grinsend.

Berkel lehnte sich zurück und verschränkte seine Arme hinter seinem Kopf.

»Nehmen wir uns erst einmal *eine* Schule vor!«, schlug er vor. »Das Georg-Kerschensteiner-Berufskolleg, das GKBK in Duisburg, ist seit fünf Jahren ohne Leitung. Vielleicht erinnerst du dich: Der Schulleiter wurde damals in seinem Büro erhängt aufgefunden. Seitdem geht es dort drunter und drüber!«

Hornig beugte sich zu Berkel vor, als wolle er ihm etwas Vertrauliches mitteilen.

»Mal ehrlich: Würdest du dort Schulleiter sein wollen?«, raunte er vielsagend.

»Für kein Geld der Welt!«, gab Berkel zurück.

»Und für den heruntergekommenen Laden willst du einen Pensionär als Schulleiter gewinnen?«, fragte Hornig. »Wovon träumst du denn nachts?«

Klaus Berkel beugte sich ebenfalls vor.

»Vielleicht ist es gerade die große Herausforderung, mit der man einen pensionierten Schulleiter noch aus der Komfortzone hinter dem warmen Ofen hervorlocken kann.«

Dietmar Hornig nahm den Oberkörper wieder zurück und verschränkte die Arme hinter dem Kopf.

»Also, mir fällt da keiner ein. So verrückt ist niemand«, sagte er nachdenklich

Berkel setzte sich ebenfalls wieder gerade.

»Erinnerst du dich noch an Herbert Reiter?«, fragte er. »Der war Schulleiter am Gustav-Heinemann-Berufskolleg in Essen. Der hatte seine Schule ganz gut im Griff, wenn ich mich recht erinnere.«

Hornig dachte kurz nach.

»Natürlich erinnere ich mich an den Haudegen«, sagte er dann. »Es war nicht immer leicht mit ihm. Alles andere als das. Aber der ist doch sicher schon länger als drei Jahre 'raus, das heißt, der geht locker auf die Siebzig zu.«

»Na und?«, antwortete Berkel. »Du hast doch den Erlass gelesen. Jede helfende Hand ist willkommen, egal, wie alt und faltig sie ist.«

»Der wird das nicht machen. *Der* ganz bestimmt nicht«, sagte Hornig halblaut.

Berkel griff zur Kaffeetasse und sagte vor dem Trinken »Einen Versuch ist's wert. Ich lasse mir einmal seine

Telefonnummer heraussuchen und rufe ihn an. Vielleicht kann ich ihn überzeugen.«

»Na, da wünsche ich dir viel Glück! Ein Vergnügen wird das sicher nicht«, antwortete Hornig grinsend.

»Danke für die ermutigenden Worte. Du bist ein wirklich guter Kollege«, sagte Berkel ironisch.

Zu Hause bei Herbert Reiter

Das Schlafzimmer von Herbert Reiter, Oberstudiendirektor a.D., lag noch im Halbdunkel, obwohl die Uhr auf dem Nachttisch bereits 9.45 Uhr anzeigte. Reiter lag tief schlafend allein im Ehebett, seine Frau Angelika war schon seit zwei Stunden auf den Beinen.

Herbert wurde unsanft von einem beharrlich klingelnden Telefon geweckt. Er wusste, dass seine Frau das Gespräch annehmen würde und beschloss deshalb, weiter regungslos, nun aber halb wach, liegenzubleiben. Aus der Entfernung hörte er, wie Angelika sich meldete.

»... Ja, das ist richtig.

... Ihm geht es gut, danke der Nachfrage.

... Nein, er ist noch nicht zu sprechen ...«

Reiter realisierte, dass er ohnehin nicht mehr einschlafen konnte.

»Wer ist denn dran?«, rief er halblaut.

»Warten Sie bitte«, hörte er Angelika sagen. Sie kam ins Schlafzimmer, mit einem mobilen Telefonhörer in der Hand.

»Ein Herr Berkel von der Bezirksregierung möchte mit dir sprechen«, flüsterte sie, obwohl sie das Mikrofon des Hörers mit dem Daumen zuhielt.

»Berkel? Der Berkel von der Bezirksregierung? Was will der denn von mir?«, fragte Reiter nach kurzem Zögern. »Na, gib schon her.«

Angelika übergab ihm den Telefonhörer und ging zurück in die Küche, um das gemeinsame Frühstück in die Wege zu leiten. Reiter setzte sich ächzend aus dem Liegen heraus auf die Bettkante und meldete sich.

»Reiter hier am Apparat«, meldete er sich. »Guten Tag, Herr Berkel. Schön, von Ihnen zu hören. Wie geht es Ihnen?«

»Guten Tag, Herr Reiter«, sagte Berkel. »Danke der Nachfrage. Mir geht es gut, sofern man das in diesen Zeiten noch sagen kann. Schulverwaltung macht nun einmal nicht immer Spaß. Mangelverwaltung allenthalben eben.«

»Ja, die Presse für unser Bildungsministerium ist denkbar schlecht«, gab Reiter zurück. »Das entgeht sogar einem Pensionär wie mir nicht. Ich beneide Sie im Augenblick nicht um Ihr Amt. Sie sitzen da ja richtig zwischen den Stühlen!«

»Nun, ich habe es mir ja so ausgesucht«, sagte Berkel lachend. »Andrerseits hat man als Dezernent einen immer wieder spannenden Alltag. Aber wie sieht es denn bei Ihnen aus? Bisweilen fällt hier noch einmal Ihr Name ...«

»Sicher nicht immer in positiven Zusammenhängen, vermute ich. Soweit ich mich erinnere, waren einige

Ihrer Kollegen ganz froh, als ich aus dem Amt verabschiedet wurde«, antwortete Reiter.

»Ach, Herr Reiter, das ist doch Schnee von gestern! Wie lange ist das jetzt her?«, fragte Berkel.

»Über vier Jahre! Vier wun-der-ba-re Jahre! Anfangs haben mir die Schule, das Kollegium und insbesondere die Schüler gefehlt, aber inzwischen ist das alles nur noch eine blasse Erinnerung. Aber es ist sicher nicht der Grund für Ihren Anruf, um das zu hören!?«, antwortete er.

»Ach, Herr Reiter, die direkte Art haben Sie sich auf jeden Fall bewahrt«, stellte Berkel fest. »Es geht tatsächlich um ein bisschen mehr.«

»Ich höre!«

Klaus Berkel bemühte sich hörbar um die Formulierung seiner Antwort.

»Vielleicht haben Sie es in der Zeitung gelesen: Das Ministerium setzt sich dafür ein, pensionierte Lehrkräfte an die Schulen zurückzuholen. An vielen Berufskollegs sind auch Leitungsstellen unbesetzt. Sie wissen, welche negativen Folgen das langfristig für die Qualität von Schulen hat. Bei Überlegungen in unserem Haus zur Reaktivierung von Schulleitungen fiel auch Ihr Name – deshalb rufe ich Sie an.«

»Sie wollen mich also allen Ernstes fragen, ob ich nach vier wundervollen Rentnerjahren wieder in den Schuldienst zurückkehre?«, fragte Reiter in deutlich erstauntem Tonfall.

»Ja, so könnte man es – auf den Punkt gebracht – sehen«, gab Berkel zu.

»Herr Berkel - bei allem Respekt - Nein, Nein, Ne-ver ever!«.

Reiters Tonfall wurde eine Spur schärfer. »Abgesehen davon, dass ich schon so lange 'raus bin aus dem Geschäft: Mir geht es gut und das soll auch so bleiben. Außerdem habe ich mir geschworen, mich nach meiner Pensionierung nur noch mit Leuten zu umgeben, die mir guttun. Tut mir leid, da müssen sie sich jemand anderen suchen. Ich korrigiere: Einen anderen Idioten.«

Klaus Berkel wollte sich nicht so leicht abwimmeln lassen: »Herr Reiter, Sie sind doch ein erfahrener Schulleiter«, schmeichelte er. »Da wären Sie schnell wieder im Geschäft, wie Sie es nennen. So viel hat sich in den Jahren nicht geändert.«

Reiters Tonfall blieb ablehnend und scharf. »Ja eben, genau deswegen!«, rief er. »Es hat sich eben nichts verändert in den Jahren. Es ist alles so schlecht geblieben, wie es war. Nein, nicht mit mir!«

Klaus Berkel änderte seine Taktik und versuchte, Reiter bei der Ehre zu packen.

»Herr Reiter, es geht um das Georg-Kerschensteiner-Berufskolleg, das GKBK in Duisburg. Ein Schulleiter von Ihrem Format wird dort dringend gebraucht.«

»Ach du meine Güte!« raunzte Reiter zurück. »Auch noch diesen Saftladen wollten Sie mir andrehen? Nee, nee, mein Lieber, bei aller Freundschaft: Suchen Sie sich jemand anderes. Außerdem spreche ich kein Türkisch.«

»Ihr letztes Wort?«, fragte Berkel.

»Ja, das ist mein letztes Wort!«, rief Reiter in den Hörer. »Ich wünsche Ihnen viel Glück bei der weiteren Suche

– das werden Sie auch brauchen. Alles Gute! Auf Wiederhören!«

Er drückte die Beenden-Taste auf dem Telefon und legte es auf den Nachttisch.

Herbert Reiter wusste um die Geschichte des Berufskollegs. Der damalige Schulleiter Rogall war erhängt im Schulleitungsbüro aufgefunden worden. Herberts Bruder, Kriminalkommissar Horst Reiter, hatte den vermeintlichen Suizid vor fünf Jahren als Mordfall aufgeklärt.[1]

»Die sind ja wohl vollkommen durchgeknallt in der Bezirksregierung!«, murmelte er vor sich hin. »Als ob ich noch einmal ...«

---

[1] Siehe: Helmut Richter: „Der Prinzipal"

Gemeinsames Frühstück mit Folgen

Herbert wurde klar, dass er nicht wieder einschlafen könnte. Das Gespräch mit Berkel hatte ihn zu sehr aufgeregt. Er zog sich seinen Bademantel über und ging ins Bad.

»Der Blick in den Spiegel reicht«, murmelte er, als er sich im Badezimmerspiegel betrachtete. »Man sieht mir mein Alter wirklich an«, murmelte er. Nachdenklich betrachtete er sein Äußeres. Sein Haar war einer umfangreichen Glatze gewichen und die Augenpartie war faltig geworden. Seine Knie und sein Rücken schmerzten, insbesondere in den Morgenstunden. »So ein Quatsch, den die da vorhaben.«

Nachdem er sich kurz gewaschen hatte, ging er in die Küche und setzte sich an den Tisch. Angelika hatte ihm die Zeitung mit dem von ihr bereits gelösten Kreuzworträtsel bereitgelegt. Er warf einen Blick auf die erste Seite. »Ach ja, deswegen«, murmelte er vor sich hin, als er die Schlagzeilen über den akuten Lehrermangel las.

»Was wollte der Mann von der Bezirksregierung denn von dir?«, fragte Angelika, nachdem sie sich zu ihm gesetzt hatte.

»Der wollte, dass ich die Leitung einer Schule übernehme«, antwortete er kauend.

»Du machst Witze!«

»Nein, das ist kein Witz«, antwortete er. »Um diese nachtschlafende Zeit mache ich, wie du weißt, noch keine Witze. Die suchen tatsächlich Idioten, die als Pensionär an die Schule zurückgehen. Total bekloppt.«

»Ich habe natürlich abgelehnt«, ergänzte er nach einer kurzen Pause.

Angelika goss sich Kaffee in ihre Tasse. »Wenn ich's recht bedenke: warum eigentlich nicht? Du langweilst dich hier zu Hause, gib's doch zu. Das wäre doch eine schöne Ablenkung für dich«, antwortete sie.

»Jetzt fang' du nicht auch noch damit an! Und Langeweile habe ich auch nicht.«

»Das sehe ich anders«, sagte sie schnippisch.

»Ach ja?! Woran machst du das fest?«, wollte Reiter wissen.

»Daran, dass ich dich jeden Tag sehe. Du liegst bis in die Puppen im Bett, liest in der Zeitung jeden noch so kleinen, unwichtigen Artikel und abends schaust du dir Fernsehsendungen an, die du früher sofort abgeschaltet hättest. Unser Garten sieht inzwischen so aus, als würde er täglich mit einem Staubtuch gewischt und der Rasen wie mit der Nagelschere manikürt. Du hast alle deine Schrauben und Nägel im Hobbykeller nach ihrer Größe sortiert und die jeweiligen Aufbewahrungsboxen beschriftet. Wenn das keine Langeweile ist, dann weiß ich's auch nicht. Ich warte nur noch darauf, dass du dich auf die Sitzbank vor unserer Haustür setzt und die Kennzeichen der vorbeifahrenden Autos notierst.«

»Ach, Papperlapapp. Es ist doch gut so, wie es ist«, knurrte er zurück. »Außerdem übe ich täglich Gitarre«, ergänzte er. »Das hält den Geist wach.«

Insgeheim wünsche sich Angelika die alten Zeiten zurück. Sie hatte, als Herbert noch Schulleiter war, das Haus bis in den Nachmittag hinein für sich allein und konnte ihre Zeit frei einteilen. Deshalb beschloss sie, ihm – nicht ganz uneigennützig – weiterhin gut zuzureden.

»Wie wäre es denn, wenn du Bedingungen stellen würdest? Schließlich wollen die doch etwas von dir!«, setzte sie deshalb unbeirrt fort.

»Quatsch! Die wollen jemanden als Schulleiter für das Kerschensteiner-Berufskolleg in Duisburg. Das ist nicht verhandelbar«, gab Herbert zurück.

»Das vielleicht! Aber wenn du forderst, dass ein Stellvertreter mit dabei ist? Der kann dir Arbeit abnehmen, dann hast du nicht so viel zu tun.« Angelika blieb hart am Ball.

»Auch Nonsens, das gibt nur Ärger«, knurrte Reiter unwillig zurück. »Du weißt doch, wie schwierig das damals mit meinem Stellvertreter war. Nee, das bringt nichts.« Angelika setzte ihre Offensive fort: »Also, ich fände das ganz schön. Zudem hätte ich morgens wieder meine Ruhe.«

»Was soll das den heißen? Willst du mich loswerden?«, brummte er.

»Ach, Unsinn«, sagte sie. »Aber es ist halt alles anders, seitdem die Kinder aus dem Haus sind und du den ganzen Tag über hier bist. Morgens, wenn du noch schläfst, muss ich leise sein, damit ich dich nicht wecke, dafür wirst du abends erst munter, wenn ich ins Bett gehen will.«

»Ist dein Leidensdruck wirklich so groß?«, wollte Herbert wissen.

»Nein, ich habe keinen Leidensdruck«, gab sie zur Antwort. »Aber du hast einen! Du weißt es bloß noch nicht. An deiner Stelle würde ich über das Angebot noch einmal nachdenken. Vielleicht nimmst du erst einmal probeweise an - so für ein halbes Jahr oder so. Abspringen kannst du dann immer noch.«

»Ach, lass' mich doch in Ruhe damit. Außerdem habe ich dem Berkel bereits definitiv abgesagt. Basta und Punkt.«

Angelika begann, das Geschirr abzuräumen. Dabei kam ihr eine aus ihrer Sicht gute Idee.

»Wie wäre es, wenn du als Bedingung stellen würdest, dass du erst um 10 Uhr mit dem Dienst beginnst? Dann könntest du ausschlafen, was du so ja gerne magst.«

»Das war meine Trumpfkarte«, dachte sie.

»Denk' also noch einmal darüber nach!«, sagte sie zu Herbert, der gerade aufgestanden war, um seine Kaffeetasse zum übrigen Geschirr zu stellen.

Herbert schüttelte unwillig seinen Kopf und ging zurück ins Schlafzimmer. »Ich haue mich noch ein bisschen aufs Ohr«, brummte er und legte sich auf das Bett.

Zwei Stunden später hörte Angelika Herberts Stimme aus dem Schlafzimmer.

»Ja, hallo Herr Berkel. Hier ist Herbert Reiter. Ich habe noch einmal nachgedacht. .... Ja, aber unter einer Bedingung ...«

Dienstbesprechung

Das Georg-Kerschensteiner-Berufskolleg in Duisburg war nach Georg Kerschensteiner benannt, der sich im frühen 20. Jahrhundert einen Namen als Berufspädagoge gemacht hatte. Es war ein typisches Schulgebäude aus den 1950er-Jahren, dem sein Alter gut anzusehen war. Aus Kostengründen waren fällige Renovierungsarbeiten, insbesondere der Schülertoiletten, immer wieder aufgeschoben worden.

Die Stadtverwaltung hatte schon mehrfach mit dem Gedanken gespielt, die Schule zu schließen, um sich des Problems für immer zu entledigen. Aber in Zeiten der verstärkten Zuwanderung durch Flüchtlinge und Migranten wurde jeder Quadratmeter Schulraum dringend gebraucht.

Herbert war erstmals nach seiner Pensionierung vor acht Uhr morgens aufgestanden, hatte sich rasiert und frühzeitig angekleidet, obwohl die Dienstbesprechung mit dem Kollegium zu seiner offiziellen Einführung an der Schule erst für 14 Uhr angesetzt war.

»Ich wünsche dir einen schönen ersten Schultag als Pensionär«, sagte Angelika, als er um 13 Uhr das Haus verließ. »Lass' dich nicht unterkriegen«, rief sie ihm noch nach.

Eine halbe Stunde später stand Herbert auf dem Schulhof des Berufskollegs. Die Schülerinnen und Schüler verließen gerade das Gebäude und trollten sich laut johlend über den Schulhof.

»Wahrscheinlich haben die etwas früher Schulschluss wegen der Dienstbesprechung«, dachte Herbert. Nach wenigen Minuten stand er allein auf dem Schulhof und musterte das alte Gebäude.

»Au weia, worauf habe ich mich nur eingelassen?« seufzte er leise vor sich hin.

»Ach, da sind sie ja schon«, wurde er von Klaus Berkels Stimme aus seinen Gedanken gerissen. »Schön, sie zu sehen, Herr Reiter!«

Berkel befand sich offensichtlich in glänzender Laune. Schließlich war es ihm gelungen, die Schulleitung an der Problemschule zu besetzen, was seinen Kollegen, aber auch dem Ministerialdirigenten Rigulski eine gewisse Achtung abgenötigt hatte.

»Sie sehen ja: Hier ist Handlungsbedarf«, setzte Berkel mit einem Blick auf das Gebäude fort. »Ich habe dem Kollegium übrigens die frohe Botschaft der Neubesetzung der Schulleitung vorab per Mail mitgeteilt. Die Dienstbesprechung zu Ihrer Einführung ist eine reine Formsache, davon gehe ich aus.«

»Hauptsache, Sie sagen nicht, dass Sie einen Trottel gefunden haben«, knurrte Reiter. »Jeder Mensch mit klarem Verstand würde doch auf der Stelle das Weite suchen.«

»Och, jetzt übertreiben Sie `mal nicht«, erwiderte Berkel frohgelaunt. »Warten Sie nur ab, es wird Ihnen Spaß machen, auch wenn es eine Herausforderung ist. Vielleicht sogar gerade deswegen.«

Reiter antwortete nicht und schaute auf die Uhr.

»Ich denke, es wird Zeit«, sagte er.

Das gesamte Kollegium – etwa 80 Lehrerinnen und Lehrer – hatte sich bereits in der Aula der Schule versammelt. Als Berkel und Reiter den Raum betraten, wurden sie kaum zur Kenntnis genommen. Einige von ihnen korrigierten offensichtlich Klassenarbeiten, andere spielten – ähnlich wie ihre Schüler im Unterricht – mit ihren Handys, wieder andere waren in angeregte Gespräche vertieft.

Ohne dass ihnen weitere Beachtung geschenkt wurde, bewegten sich die beiden in Richtung der Bühne.

»Setzen Sie sich erst einmal in die erste Reihe«, raunte Berkel Reiter zu. »Ich eröffne die Dienstbesprechung und stelle Sie dann dem Kollegium vor.«

Herbert tat, wie ihm geheißen wurde und setzte sich auf einen der zahlreichen freien Stühle in der ersten Reihe. Klaus Berkel ging indessen nach vorn auf die Bühne und stellte sich umständlich hinter das bereitstehende Rednerpult.

Er räusperte sich vernehmbar ins Mikrofon.

»Ruhe bitte!«

Offensichtlich wurde seine Anwesenheit noch nicht zur Kenntnis genommen.

»Ruhe bitte!«, wiederholte er etwas lauter und bestimmter.

Endlich wurde ihm die gewünschte Aufmerksamkeit zuteil. »Liebe Kolleginnen und Kollegen, mein Name ist Berkel«, stellte er sich vor, nachdem Ruhe eingekehrt war. »Ich bin schulfachlicher Dezernent bei der Bezirksregierung und somit für Ihre Schule zuständig.« Er räusperte sich erneut und wirkte unsicher.

»Wie Sie wissen, ist es das Bestreben der Landesregierung, unsere Schulen zu stärken und die Lehrerversorgung sicherzustellen«, setzte er fort.

»Hört, hört!«, rief jemand aus dem Kollegium.

Berkel ignorierte den Zwischenruf und fuhr fort.

»Ihre Schule, das Georg-Kerschensteiner-Berufskolleg, hatte in den letzten Jahren besonders stark unter dem allgemeinen Lehrermangel zu leiden.«

»Hier will ja auch niemand hin«, rief es auf den hinteren Reihen des Auditoriums, was durch beifälliges Raunen aus dem Kollegium quittiert wurde.

Berkel ignorierte den Zwischenruf und fuhr mit seiner Ansprache unbeirrt fort.

»Aus diesem Grund haben wir in der Bezirksregierung ein besonderes Augenmerk auf Ihre Schule gelegt. Nachdem die Leitungsstelle seit nunmehr fünf Jahren unbesetzt ist, wollen wir dieses Problem als Erstes beseitigen, denn die Schule ist dadurch – wollen wir es so nennen – in eine gewisse Schieflage geraten. Es ist uns gelungen, einen sehr erfahrenen Schulleiter für diese Aufgabe zu gewinnen. Er war schon pensioniert, konnte aber durch die aktuelle Erlasslage für eine Rückkehr in den Dienst gewonnen werden. Ich darf Ihnen vorstellen: Herr Oberstudiendirektor Herbert Reiter. Er wird bis auf Weiteres die Leitung dieser Schule übernehmen.«

Berkel deutete auf Reiter, der aufstand und grüßend ins Auditorium blickte. Vom Kollegium kam keine Reaktion, nur ein unruhiges Getuschel.

Davon vollkommen unbeeindruckt setzte Berkel seine Einführungsrede fort.

»Ich bin fest davon überzeugt, dass diese Schule unter der neuen Leitung ihr volles Potenzial in der Bildungsarbeit zurückgewinnen kann. Ich gehe davon aus, dass

Sie, liebe Kolleginnen und Kollegen, die neue Schulleitung nach besten Kräften dabei unterstützen.«

Berkel hatte das Gefühl, alles gegeben zu haben und blickte vom Rednerpult aus triumphierend ins Auditorium.

»Haben Sie Fragen an mich?«, wollte er zum Abschluss seiner kurzen Rede wissen.

»Ah, da ist eine Wortmeldung. Ja bitte!«

Ein Lehrer, zirka 60 Jahre alt, hatte sich zu Wort gemeldet und stand auf.

»Herr Berkel, ist es das Anliegen der Bezirksregierung, unsere Schule in ein Altenheim umzuwandeln?«, wollte er wissen. Das Kollegium johlte auf.

»Wobei sollen wir den Herren denn unterstützen?«, setzte er fort. »Sollen wir vielleicht den Rollator die Treppe hochtragen helfen? Oder beim Anziehen der Stützstrümpfe assistieren? Ich frag' ja nur mal so ...«

Er blickte triumphierend in die Runde.

Das Kollegium tobte vor Lachen.

»Oder sollen wir jetzt unseren Unterricht nach den Maßstäben der 70er-Jahre durchführen?«, rief ein weiterer Kollege auf den hinteren Reihen. »Sieht so die neue Schulpolitik aus? Na dann: Gute Nacht!«

Das Gelächter wuchs zum Sturm.

»Konservativen Unterricht machen wir doch sowieso!«, rief ein Dritter in die Runde.

Berkel versuchte, der Unruhe Herr zu werden, musste aber schnell einsehen, dass dies aussichtslos war.

Der Lehrer, der sich als Erster zu Wort gemeldet hatte, wandte sich lautstark an das gesamte Kollegium: »Kolleginnen und Kollegen! Wir sollen offensichtlich einmal wieder zum Narren gehalten werden! Ich auf jeden Fall höre mir das nicht mehr an. Ich gehe!«, rief er und setzte sich in Richtung der Tür in Bewegung. Kurz vor der Tür blieb er noch einmal stehen und rief:

»Alle, die noch Mumm in den Knochen haben, kommen mit!«

Zögernd standen weitere Kollegiumsmitglieder auf und verließen laut protestierend den Raum, in dem mittlerweile eine tumultartige Stimmung um sich gegriffen hatte.

Klaus Berkel wandte sich an eine Lehrerin, die in der ersten Reihe saß und offensichtlich das Protokoll über die Dienstbesprechung führte. »Liebe Kollegin, bitte schreiben Sie mir die Namen der Personen auf, die den Raum verlassen haben. So geht das nicht! Geben Sie die Liste dann bitte dem neuen Schulleiter.«

Die Protokollführerin schaute sich im Konferenzraum um und schrieb einige Namen auf.

Klaus Berkel wandte sich noch einmal fast flehentlich an das verbliebene Kollegium.

»Liebe Kolleginnen und Kollegen, ich weiß, dass die Reaktivierung von Pensionären zu Irritationen führt, aber bitte geben Sie der neuen Schulleitung und der Schule insgesamt eine Chance für einen Neuanfang und vertrauen Sie auf die Erfahrung von Herrn Reiter.«

Der arme Mann bot ein Bild des Jammers.

»Ich denke, es sind der Worte genug gewechselt und beende hiermit die Dienstbesprechung«, schloss er seine Ansprache. »Ich wünsche Herrn Oberstudiendirektor Reiter einen guten Start am Georg-

Kerschensteiner-Berufskolleg und alles Gute für Ihre verantwortungsvolle Arbeit an dieser Schule.«

Das verbliebene Restkollegium spendete einen tröpfelnden Beifall, während Berkel zusammen mit Reiter den Raum verließ.

»Sie sehen, Sie werden es hier nicht leicht haben. Wenn irgendetwas sein sollte, können Sie sich gerne an mich wenden«, sagte er zu Reiter. »Ich denke, den Aufstand in der Konferenz vergessen wir einfach. Eigentlich müsste ich Disziplinarverfahren wegen unangemessenen dienstlichen Verhaltens einleiten. Aber das wäre ein noch schlechterer Start für Sie.«

»Ja, dafür, dass Sie vorab von einer reinen Formsache gesprochen haben, war das heftig«, antwortete Reiter. »Ich werde jetzt erst einmal versuchen, die Wogen zu glätten. Es ist ja auch nicht einfach für das Kollegium.«

Einige Meter gingen sie schweigend nebeneinander her. »Wo steht ihr Wagen?«, wollte Herbert wissen. »Ich begleite sie noch – etwas frische Luft wird mir nach diesem Theater guttun. Auf jeden Fall weiß ich jetzt, warum Ihr Amtstitel „Lei*d*ender Regierungsschuldirektor" lautet.«

»Auf dem Lehrerparkplatz, wo denn sonst?«, antwortete Berkel, ohne auf Reiters Nachsatz einzugehen.

Auf dem Lehrerparkplatz

Nach ein paar Schritten quer über den verwaisten Schulhof erreichten Berkel und Reiter den Lehrerparkplatz. Auf einem Hinweisschild wurde das Abschleppen bei missbräuchlicher Nutzung angedroht. Die letzten

Teilnehmer der Dienstbesprechung verließen gerade das Gelände, einzig Berkels Wagen stand noch auf dem mit dem Schild „Schulleitung" gekennzeichneten Einstellplatz.

»Da steht mein Wagen!«, sagte Berkel zu Herbert und zeigte in die Richtung seines Autos. »Also noch einmal: Wenn Sie Hilfe brauchen sollten, wenden Sie sich ruhig an mich«, ergänzte er.

Er zog umständlich seinen Wagenschlüssel aus der Jackentasche und begab sich zu seinem Wagen, den er auf dem Weg mit seiner Fernbedienung öffnete. Er legte seine Aktentasche auf das Wagendach, um seine Jacke und seine Krawatte vor Fahrtantritt abzulegen. Klaus Berkel hielt einen Augenblick lang staunend inne.

»Was ist das denn?«, rief er aus.

»Was ist denn los?«, wollte Reiter wissen.

Berkel starrte sichtlich verwirrt auf seinen Wagen.

»Sehen Sie sich das an. Die Seitenscheibe ist eingeschlagen!«, rief er fassungslos. »Und da liegt etwas auf dem Fahrersitz!«

Reiter eilte zu seinem Dezernenten.

»Wenn es das nur wäre!«, sagte Reiter verwundert. »Schauen Sie einmal hier!«

Reiter deutete mit der Hand auf die Fahrertür. Über die gesamte Längsseite des Wagens war das Wort »Ferkel« in den Lack eingeritzt.

Berkel hielt entsetzt die Hand vor den Mund.

»Was ist das denn für eine Schweinerei?«, fragte er entgeistert.

Herbert näherte sich vorsichtig dem eingeschlagenen Fenster und schaute in den Wagen hinein. Er griff in seine Hosentasche und holte ein Taschentuch hervor. Vorsichtig fasste er – die Hand durch das Taschentuch geschützt – in den Wagen hinein und zog etwas mit spitzen Fingern vom Fahrersitz herunter.

»Da wollte aber jemand ganz gründlich sein«, sagte er. »Schauen Sie einmal!«

Reiter hielt den Gegenstand hoch. Es handelte sich um eine tote Ratte, deren Zersetzungsprozess offensichtlich schon begonnen hatte, was deutlich zu sehen und zu riechen war. Herbert legte die tote Ratte etwas abseits auf den Boden.

»Da scheint aber jemand mächtig sauer auf Sie zu sein!«, sagte er. »Der Schaden an ihrem Wagen ist nicht unerheblich. Ich schätze, unter 2500 Euro wird das nichts. Nach meinem Kenntnisstand kommt die Versicherung für solche Schäden nur bei Vollkaskoversicherung auf. Haben Sie eine?«

Klaus Berkel schüttelte seinen Kopf. »Nein, das lohnte sich nicht mehr – der Wagen ist mehr als fünf Jahre alt.«

»Na, dann werden Sie wohl darauf sitzen bleiben. Oder wollen Sie damit durch die Gegend fahren?«, kommentierte Reiter.

»Ich nehme den Schaden erst einmal auf«, murmelte Berkel eher zu sich selbst und zog sein Handy aus der Tasche, um Fotos von den Beschädigungen zu machen.

»Ich mache trotzdem ein paar Fotos für die Versicherung und die Polizei. Ich bringe das gleich auf dem Rückweg noch zur Anzeige. Legen Sie doch bitte die Ratte wieder so hin, wie Sie sie vorgefunden haben!«

Herbert legte die Ratte wieder zurück auf den Fahrersitz, sichtlich bemüht, einen größtmöglichen Abstand des toten Tieres von seiner Nase einzuhalten.

»Glauben Sie, dass die Polizei sich um den Fall kümmert?«, fragte er, »Die haben hier doch ganz andere Probleme. Die nehmen den Schaden auf und legen ihn zu den Akten.«

Nachdem Berkel mit dem Fotografieren fertig war, entfernte Reiter die Ratte erneut und warf den Kadaver einige Meter weit weg.

»Das scheint's wohl zu sein. Gott sei Dank sind die Reifen nicht zerstochen«, versuchte er den Dezernenten zu trösten. »Sie können also damit fahren. Auch wenn es etwas zugig wird.«

»Wir bleiben in Kontakt«, verabschiedete sich Berkel endgültig und verließ mit seinem lädierten Auto den Parkplatz.

Reiter hatte seinen Wagen an der Straße abgestellt. Eigentlich hatte er vorgehabt, sein Büro für den ersten Arbeitstag am GKBK vorzubereiten. Allerdings hatten ihm die chaotische Dienstbesprechung und der Vorfall mit Berkels Wagen jeglichen Elan geraubt, deshalb beschloss er, ebenfalls nach Hause zu fahren. Auf dem Weg zu seinem Wagen kickte Reiter die tote Ratte endgültig ins Gebüsch.

Küchengerede

»Na, du bist aber schnell wieder da!«, begrüßte Angelika aus der Küche ihren Herbert, als er zur Tür hereinkam. »Wie war er denn, dein erster Arbeitstag?«

»Mein wirklich erster Arbeitstag ist schon mehr als 50 Jahre her«, korrigierte er, nachdem er seine Jacke an die Garderobe gehängt hatte. »Aber frag' mich nicht!«

»So schlimm?«, wollte Angelika wissen.

»Schlimmer, viel schlimmer«, gab er zur Antwort. »Wenn ich auf dem Weg zum Fegefeuer gewesen wäre, dann wäre es ein fulminanter Start gewesen. Aber das war ich ja nicht.«

Herbert setzte sich auf einen Stuhl am Küchentisch und zog stöhnend seine Schuhe aus. »Verdammt, meine Knie melden sich wieder«, klagte er.

»Zuerst gab es einen heftigen Aufstand im Kollegium und dann wurde Berkels Wagen schwer beschädigt. Die Seitenscheibe wurde eingeschlagen. Zudem war an der Fahrerseite seines Wagens das Wort „Ferkel" in den Lack eingeritzt.«

»Das klingt ja fürchterlich!«, kommentierte sie und setzte sich zu Herbert an den Küchentisch.

»Die halb verweste tote Ratte auf dem Fahrersitz habe ich noch vergessen zu erwähnen. Der Gestank geht mir nicht aus der Nase«, ergänzte Herbert.

»Weiß man denn, wer das getan hat?«, wollte Angelika wissen.

»Darüber habe ich mir auf dem Rückweg auch schon meine Gedanken gemacht«, sinnierte Herbert und schob dabei seine Schuhe unter den Küchentisch.

»Schüler können es eigentlich nicht gewesen sein, denn sie waren schon lange nicht mehr im Haus. Außerdem wissen die noch nicht einmal, was ein Dezernent ist, geschweige denn kennen sie seinen Namen.«

»Seinen Namen?«, hakte Angelika nach. »Aber der heißt doch Berkel, mit „B", oder?«

»Ja, das stimmt«, antwortete Herbert und schaute seine Frau dabei mitleidig an. »Ich vermute aber, dass sein Name hier verballhornt wurde. Ich hatte übrigens in der Oberstufe einen Mitschüler gleichen Namens. Unser Deutschlehrer hat ihn einmal grinsend vor der Klasse gefragt, was seine Eltern für das „B" bezahlt haben. Er hielt das wohl für sehr witzig. Mein Mitschüler nicht. Das wurde er nie wieder los.«

»Wer kann es denn sonst gewesen sein?«, wollte Angelika wissen.

»Ich habe leider den Verdacht, dass es jemand aus dem Lehrerkollegium war«, gab Herbert zurück. »Das wäre eine logische Antwort auf deine Frage.«

»Du glaubst ernsthaft, dass der Wagen von einem Lehrer beschädigt wurde?«, fragte sie ungläubig.

»Ja, oder von einer Lehrerin«, seufzte Herbert. »Es ist zumindest nicht unwahrscheinlich.«

»Was will der Dezernent jetzt machen?«, setzte Angelika fort.

»Er will den Schaden an seinem Auto zur Anzeige bringen. Aber die Polizei wird den Fall zu den Akten legen. Die haben Besseres zu tun«, antwortete Herbert.

»Und du? Für dich ist es doch auch belastend, das Gefühl zu haben, dass jemand im Kollegium so etwas tut?!«, wollte Angelika mitfühlend wissen.

»Ja, das ist so. Ich werde in den nächsten Tagen morgens versuchen, den Täter oder die Täterin ausfindig zu machen. Das wird nicht leicht!«

Herbert stand auf und öffnete den Kühlschrank. »Mann, hab' ich einen Hunger!«

Er fand ein Stück Schinken und schnitt sich eine dicke Scheibe davon ab.

»Brot dazu?«, fragte Angelika knapp.

Herbert nickte und sie holte ihm eine Scheibe Graubrot aus dem Brotschrank.

»Schwarzwälder Schinkenteller à la Herbert«, kommentierte sie ironisch, als sie ihm die Scheibe in die Hand drückte.

Herbert setzte sich wieder zurück an den Küchentisch.

»Das Problem ist«, setzte er kauend fort, »dass das Kollegium während der vermutlichen Tatzeit an der Dienstbesprechung teilnahm.«

»Dann kann es doch keiner aus dem Kollegium gewesen sein«, kommentierte Angelika.

»Das stimmt so nicht.« Herbert kaute immer noch. »Kurz vor dem Ende der Besprechung verließen einige Lehrkräfte den Raum, um gegen die Bezirksregierung und indirekt auch gegen mich zu protestieren.«

»Dann ist es nicht unwahrscheinlich, dass es jemand von denen war«, schloss Angelika. »Offensichtlich waren die ja wütend genug und irgendjemand hat seinem Brass dann eben freien Lauf gegeben. Weißt du denn, wer gegangen ist?«

»Das wäre allerdings eine Möglichkeit. Die Namen von den Protestlern habe ich allerdings aufschreiben lassen. Die werden sich ja wohl gegenseitig beobachtet haben.«

Herbert nahm den letzten Bissen seines »Schinkentellers« und wischte sich den Mund mit dem Handrücken ab.

»Es sei denn, jemand hat sich aus dem Kreis entfernt«, gab sie zu bedenken. »Du kannst die Kollegen ja morgen einmal dazu befragen.«

»Hast du schon einmal erlebt, dass jemand einen Kollegen in die Pfanne haut? Von denen werden wir nichts erfahren«, zweifelte Herbert.

»Da hast du recht, gerade zu dir werden die nicht ehrlich sein«, vermutete Angelika.

»Auf jeden Fall kann ich das so nicht stehen lassen.« schloss Herbert das Gespräch ab. »Heute kann ich ohnehin nichts mehr machen. Ich werde der Sache morgen nachgehen. Für heute reicht's mir.«

Herbert schaute auf die Küchenuhr und stand auf. »Sechs Uhr«, brummte er. »Bis zum Abendessen ist ja noch ein bisschen Zeit. Ich bin todmüde und hau' mich mal eben kurz aufs Ohr, Okay?«

»Na, da schau her«, kommentierte Angelika schnippisch. »Kaum bist du wieder im Dienst, schon machst du wieder die Lehrerhechtrolle auf das Sofa. Schlaf' gut!«

»Es gibt nun einmal ewige Wahrheiten«, knurrte er grinsend zurück und ging zum Wohnzimmer, um sich wie früher auf dem Sofa auszustrecken.

Nach einer Stunde wurde Herbert aus unsanft aus dem Schlaf gerissen. Er hatte gerade in seinem Traum die Holztische des Konferenzraumes mit einem Beil in ofengerechte Stücke zerteilt, als Angelika ihn wachrüttelte.

»Es wird Zeit fürs Abendessen«, sagte sie. »Außerdem ist es nicht gut, wenn du jetzt schon schläfst, denn dann kannst du heute Nacht nicht einschlafen und hältst mich auch noch wach.«

»Ja, ja, ist schon gut«, antwortete er und machte Anstalten, sich vom Sofa zu erheben. »Verdammt, meine Knie, mein Rücken!«, fluchte er. Stöhnend räkelte er sich und machte sich humpelnd auf den Weg in die Küche.

Angelika hatte den Tisch bereits eingedeckt; es gab Reibekuchen, die Herbert immer sehr gerne aß. Natürlich begleitet von Schwarzbrot, Apfelmus und schwarzem Kaffee.

»Zur Feier deines ersten Schultages«, sagte Angelika grinsend. »Deine Lieblingsspeise.«

»Danke, Schatz!«, antwortete er gerührt. »Das freut mich wirklich. Jetzt fehlt mir nur noch die Schultüte.«

»Die Sache mit dem Dezernenten und seinem Auto geht mir nicht aus dem Kopf«, setzte Angelika das nachmittägliche Gespräch fort. »Das ist ja alles unfassbar!«

Herbert nickte zustimmend und nahm sich den vierten Reibekuchen vom Teller.

»Der Mist ist, dass man so hilflos dasteht«, sinnierte er. »Und das Kollegium erwartet insgeheim, dass man die Tat aufklärt. Du ahnst nicht, wie sehr man als Schulleiter beobachtet und bewertet wird, zumal dann, wenn man neu an der Schule ist. Ich kenne das von meiner Zeit in Essen.«

»Ich kann's mir denken«, bestätigte Angelika. »Aber vielleicht habe ich eine Idee: Frag' doch einmal deinen Bruder, wie er in diesem Fall vorgehen würde.«

Herberts jüngerer Bruder Horst Reiter war Kriminalkommissar bei der Polizei in der Nachbarstadt Oberhausen und noch im Dienst. Er und seine Frau Beate waren häufig bei Herbert und Angelika zu Besuch, um miteinander Doppelkopf zu spielen. Gelegentlich spielen die beiden Brüder zusammen Duos auf ihren Gitarren, die sie beide einigermaßen gut beherrschten. Obwohl Herbert davon überzeugt war, ein bisschen besser zu spielen als sein jüngerer Bruder. Das Gleiche dachte Horst aber auch von sich.

»Meinst du wirklich, er gibt sich mit solchen Kleinigkeiten ab?«, zweifelte Herbert. »Der hat es doch mehr mit Kapitalverbrechen zu tun.«

»Ooooch, so groß wird der Unterschied nicht sein«, entgegnete Angelika. »Straftat ist doch letztlich Straftat, und irgendwie werden die bei der Polizei bestimmte Verfahrensabläufe haben, denke ich.«

»Da magst du vielleicht recht haben«, stimmte Herbert zu und nahm sich seinen siebten Reibekuchen. »Ich rufe ihn nachher einmal an. Es ist sowieso an der Zeit, wir haben schon drei oder vier Wochen lang nicht mehr miteinander gesprochen.«

»Stimmt nicht«, fuhr Angelika dazwischen. »Horst und Beate waren doch vor zwei Wochen noch hier bei uns. Weißt du das nicht mehr? Ihr habt doch diese Duos aus der Klassik zusammengespielt.«

»Doch, doch«, gab Herbert zu. »Das war mir nur gerade entfallen. Wir haben übrigens Stücke von Ferdinando Carulli gespielt.«

Insgeheim dachte er: »Verdammt, nicht nur die Knochen wollen nicht mehr so richtig, mit dem Gedächtnis ist's auch nicht mehr so wie früher.« Aber das hätte er niemals laut gesagt.

»Schatz, ich bin pappsatt«, sagte Herbert nach seinem neunten Reibekuchen. »Es war wie immer sehr, sehr lecker.«

Er stand stöhnend auf. »Mein Rücken wird leider dadurch nicht besser«, bedauerte er. »Aber jetzt rufe ich einmal eben Horst an.«

»Hallo Horst, Herbert hier«, hörte Angelika ihn am Telefon sagen, als sie die Spülmaschine einräumte. »Du hör' einmal, ich habe da ein Problem …«

Der erste neue Schultag

Der Wecker klingelte um 8.15 Uhr. Herbert wurde aus dem Tiefschlaf gerissen. Er war um zwei Uhr morgens zu Bett gegangen, für seine Verhältnisse recht früh. Normalerweise blieb er bis drei Uhr wach.

»Verdammt, ist das früh!«, stöhnte er und stellte den Wecker fummelig auf „Snooze". »Nur fünf Minuten noch weiterschlafen«, dachte er und drehte sich auf die Seite.

Angelika war schon früher aufgestanden und saß in der Küche. Im Laufe der ersten Pensionsjahre hatte sich eine neue Gewohnheit eingeschliffen: Während Herbert noch schlief, hatte Angelika den Rest des

Hauses für sich, so wie zu der Zeit, als Herbert noch im Dienst war, dafür hatte er in den Nachtstunden seine „Freizeit".

Der Wecker meldete sich zum zweiten Mal. Mühsam schälte Herbert sich aus dem Bett und schlurfte ins Badezimmer.

»Wann musst du denn dort sein?«, wollte Angelika wissen.

»Ich muss gar nix«, knurrte er aus dem Bad zurück. »Aber ich werde gegen 10 Uhr dort eintrudeln, vermute ich. Du weißt, für mich ist das zu früh!«

»Ja, ich weiß!«, rief sie zurück und beugte sich wieder über das angefangene Kreuzworträtsel. Sie wusste, dass Herbert morgendliche Gespräche hasste und einfach seine Ruhe haben wollte.

Nach kurzer Zeit kam Herbert ausgehfertig in die Küche. »So früh bin ich seit drei Jahren nicht mehr aufgestanden«, murrte er. »Das habe ich nur dir zu verdanken. Normalerweise würde ich mich jetzt noch dreimal umdrehen.«

»Mindestens dreimal!«, korrigierte sie. »Mindestens dreimal würdest du dich umdrehen. Aber du selbst hast es so entschieden, nicht ich.«

»Du hast mir dringend zugeraten«, beharrte Herbert. »Immerhin höre ich auf meine bessere Hälfte. Das tun bei Weitem nicht alle Ehemänner.«

»Aber letztlich entschieden hast du selbst, dabei bleibt's«, beendete Angelika die Diskussion.

»Ja, ja. Es gibt auf der Welt kein größ'res Leid als wat der Mensch sich selbst andeit«, antwortete Herbert resignierend und öffnete den Kühlschrank. Er schaute für einige Sekunden hinein und machte eine abwinkende Handbewegung. »Ach, da gibt's ja eine Cafeteria. Ich lass' mir etwas zu essen kommen.«

»Das vergisst du sowieso!«, kommentierte Angelika, ohne von ihrem Kreuzworträtsel aufzusehen.

Herbert nahm die Replik schweigend zur Kenntnis.

»Ich weiß noch nicht, wann ich wiederkomme«, sagte er stattdessen. »Warte nicht auf mich. Tschüss!«

Im Flur zog er noch eine Jacke über, nahm seine Aktentasche und öffnete die Haustür. »Tschüss auch«, hörte er Angelika noch rufen, bevor er die Haustür zuzog.

»Einer der wenigen Vorteile, die man als Schulleiter hat«, dachte Herbert, als er von der Straße aus auf den Lehrerparkplatz einbog, »ist der eigene reservierte Parkplatz.«

Er stellte seinen Wagen auf den gekennzeichneten Parkplatz, nahm seine Aktentasche vom Beifahrersitz und stieg aus, um zum Schulgebäude zu gehen. Nach ein paar Metern hielt er kurz inne und ging zurück zum Wagen. Von da aus ging er zu dem Gebüsch, in das er die tote Ratte getreten hat. Er hockte sich nieder und durchsuchte den Boden. Die Ratte lag noch dort. Nach weiterem Suchen fand er einen großen Nagel und einen faustgroßen Stein. Er nestelte ein Taschentuch aus seiner Jackentasche und wickelte den Stein vorsichtig mit spitzen Fingern darin ein. Nagel und Stein steckte er in seine Aktentasche. Er stand leise stöhnend wieder auf und setzte seinen Weg zum Schulgebäude fort.

Die Schuluhr zeigte 10.15 Uhr an, als Reiter das Sekretariat betrat.

Die Sekretärin, Frau Berger, saß am Schreibtisch und bearbeitete ein Dokument am Computer.

»Guten Morgen«, sagte Herbert, nachdem er die Tür geschlossen hatte. »Mein Name ist Reiter. Sie haben sicher schon von mir gehört. Ich glaube, ich komme jetzt öfter«, versuchte er witzig zu sein, um die Stimmung zu lockern.

Die Sekretärin stand lächelnd auf und reichte ihm ihre Hand. »Guten Morgen, Herr Reiter. Ja, das habe ich. Berger mein Name, Sandra Berger. Schön, dass Sie da sind!«

»Sie sind also die Schulsekretärin?«, setzte Reiter leutselig fort. »Freut mich!«

»Verwaltungsfachangestellte, wenn man es genau nimmt«, korrigierte Frau Berger. »Aber ja, das bin ich.«

»Ah ja, Verwaltungsfachangestellte, jaja. Entschuldigen Sie bitte«, murmelte Reiter.

»Ist egal, Herr Reiter. Ich freue mich auch«, sagte sie. »Es wurde höchste Zeit, dass die Leitungsstelle besetzt wird.«

»Ja, das Gefühl habe ich auch«, antwortete er. »Also dann: Auf eine gute Zusammenarbeit!«

»Ja, auf eine gute Zusammenarbeit«, sagte sie und ging zu ihrem Schreibtisch zurück. »Wir haben einige Krankmeldungen heute. Sie wissen sicher, dann muss einiges an Papierkram bearbeitet werden. Aber jetzt um diese Zeit«, sagte sie mit einem Blick auf die Wanduhr, »bin ich gewöhnlich fast durch.«

Reiter überhörte den kleinen Seitenhieb auf die fortgeschrittene Uhrzeit. »Na, dann will ich erst einmal nicht weiter stören«, sagte er freundlich und wandte sich in Richtung des angrenzenden Schulleitungsbüros. An der Tür blieb er stehen. »Entschuldigen Sie bitte, eine Frage noch: Wie komme ich an eine Tasse Kaffee?«, wollte er wissen. Zu Hause hatte er nur eine Tasse getrunken, zu wenig, um den Vormittag aus seiner Sicht schadlos zu überstehen.

Frau Berger blickte von ihrem Computer auf.

»Um 7.15 Uhr kocht ein Kollege Kaffee im Lehrerzimmer«, antwortete sie. »Ich kann Ihnen einen holen.«

»Der ist ja schon drei Stunden alt«, sagte er entsetzt. »Der schmeckt doch nicht mehr.«

»Um Viertel nach sieben schmeckt der sicher besser. Sie wissen doch: Der frühe Vogel fängt den Wurm«, stimmte sie etwas schnippisch zu. »Ich kann Ihnen auch gerne einen zubereiten, obwohl das nicht zu meinen Aufgaben gehört.«

»Dafür wäre ich Ihnen unendlich dankbar!«, antwortete Reiter. »Denn der frühe Vogel kann mich mal.«

Neugierig betrat er sein neues Büro.

Er schaltete das Licht ein und setzt sich an seinen Schreibtisch. Von dort aus inspizierte er den Raum. An einer Seite befand sich ein großer Wandschrank. Es stand auf und öffnete nacheinander die Türen. Dort standen größtenteils Aktenordner, die auf den Rückseiten mit Großbuchstaben gekennzeichnet waren. Er holte einen Ordner heraus, schlug ihn auf und schaute sich den Inhalt an. Frau Berger klopfte an, obwohl die Tür offenstand.

»Ihr Kaffee. Milch und Zucker?«, fragte sie.

»Oh, vielen Dank. Nein, schwarz.«

Sandra Berger stellte einen Pott Kaffee auf den Schreibtisch.

»Danke!«, sagte er. »Ich weiß, dass ich nerve, Frau Berger. Aber sind das die Personalakten der Lehrkräfte hier?«

»Ja, das stimmt. Da sammeln wir alles Relevante über unsere Lehrkräfte. Fortbildungsbescheinigungen, Krankmeldungen und so weiter«, antwortete sie.

»Na, da kann ich mich ja gut ins Kollegium „einlesen"«, sagte er ironisch.

»Oh, dann haben Sie aber gut zu tun. Viel Spaß dann auch!«, gab sie in gleichem Tonfall zurück.

Nachdem Frau Berger wieder an ihren Arbeitsplatz zurückgekehrt war, stellte Reiter den Aktenordner zurück in den Schrank und setzte sich wieder an seinen Schreibtisch. Er holte seine Fundstücke vom Parkplatz aus der Aktentasche heraus und legte sie auf die Schreibmatte.

»Wenn ihr erzählen könntet, dann wäre ich ein gutes Stück weiter«, murmelte er und betrachtete die beiden Gegenstände.

Sein Bruder Horst hatte ihm beim Telefonat am Vorabend geraten, die Personen, welche die Dienstbesprechung vorzeitig verlassen hatten, nacheinander zu befragen. Eventuell, wenn er Glück hätte, würden sich widersprüchliche Aussagen ergeben, durch die der Täter oder die Täterin dann dingfest gemacht werden könne. Aber Herbert war lange genug Beamter, um zu wissen, dass eine solche Befragung allein schon aus dienstrechtlichen Gründen höchst heikel und angreifbar war. Das war der Unterschied zum polizeilichen

Verhör von Tatverdächtigen, die zusätzlich noch anwaltliche Hilfe in Anspruch nehmen konnten.

»So einfach ist das nicht, mein lieber Bruder«, murmelte Herbert vor sich hin.

Er wurde von einem lauten Gong aus seinen Gedanken gerissen. »Viertel vor Elf«, dachte er mit Blick auf die Wanduhr. »Große Pause.«

Er hatte sich eigentlich vorgenommen, seine ersten Pausen mit dem Kollegium im Lehrerzimmer zu verbringen, entschied sich aber wegen der Vorfälle des Vortages erst einmal anders.

Stattdessen ging er noch einmal zu Frau Berger.

»Frau Berger«, fragte er vom Türrahmen aus, »gibt es hier einen Lehrerrat?«

»Ja, na klar, es ist alles vorschriftsmäßig bei uns«, bestätigte sie.

»Ist der Lehrerratsvorsitzende heute im Haus?«, hakte er nach.

»Da brauche ich nicht nachzuschauen, *die* Lehrerratsvorsitzende, Frau Möller, war vor wenigen Minuten hier«, sagte sie mit besonderer Betonung auf dem „die" und dem „sie". »Frau Möller wird jetzt wahrscheinlich im Lehrerzimmer sein.«

»Wären Sie so lieb, Frau Möller zu mir zu bitten«, bat er. »Aber vorher habe ich noch eine weitere Frage: Haben Sie schon ein Protokoll der gestrigen Sitzung bekommen?«

Sandra Berger schaute ihn mitleidig an. »Nein, natürlich nicht. Das dauert erfahrungsgemäß einige Wochen. Aber ich habe eine Liste mit Namen bekommen. Die sollte ich Ihnen geben. Wie mir gesagt wurde, sind das die Namen der Personen, welche die Dienstbesprechung verlassen haben. Der Dezernent wollte, dass deren Namen aufgeschrieben werden.«

»Da haben wir doch etwas!«, sagte Reiter erfreut. »Das wird mir helfen!«

Frau Berger nestelte einen handbeschriebenen Zettel aus der Ablage auf ihrem Schreibtisch und gab ihn Reiter.

»Danke, vielen Dank«, sagte er erleichtert.

»Nicht dafür!«, entgegnete sie. »Ich hole jetzt Frau Möller aus dem Lehrerzimmer, wenn das für Sie in Ordnung ist.«

»Ja, gut«, antwortete er geistesabwesend, weil er mit dem Lesen der Liste beschäftigt war.

»Zehn Personen«, dachte er, nachdem er die Namensliste durchgezählt hatte. »Ich wette, der Name des Übeltäters steht in dieser Liste. Zehn Gespräche. Na prima.«

Reiter ging zu seinem Schreibtisch, setzte sich hin, legte die Füße auf den Tisch und verschränkte die Arme hinter seinem Kopf.

Nach wenigen Minuten klopfte es an der Tür zum Gang.

»Das wird die Lehrerratsvorsitzende sein«, dachte er. Er ging zur Tür und öffnete sie.

»Sie möchten mich sprechen?«, eröffnete die Frau – Reiter schätzte ihr Alter auf Mitte fünfzig – vor der Tür das Gespräch.

»Ja, kommen Sie herein«, antwortete er mit einer einladenden Handbewegung. »Sie sind Frau Möller, denke ich?«

»Ja, das bin ich, Möller, Karin Möller«, bestätigte sie und betrat das Schulleitungsbüro. »Ich bin lange nicht mehr in diesem Büro gewesen«, sagte sie. »Es war ja auch kein Schulleiter da.«

»Nun, das hat sich ja seit gestern grundlegend geändert«, antwortete Reiter und lud sie mit einer weiteren Handbewegung ein, auf dem Besucherstuhl am Schreibtisch Platz zu nehmen.

»Es tut mir leid, wie das gestern gelaufen ist«, setzte Frau Möller fort. »Aber vielleicht können Sie die Frustration des Kollegiums verstehen. Nach langen Jahren der Führungslosigkeit hatten wir erwartet, durch einen neuen Schulleiter neue Impulse für unsere Arbeit zu bekommen.«

»Und dann kommt jemand, der aus dem Altersheim entlaufen sein könnte«, beendete Reiter den Satz.

»So war das nicht gemeint …«, versuchte sie ihren Lapsus auszubügeln.

»Ach, lassen Sie es«, unterbrach er versöhnlich. »Ich weiß: neue Besen kehren gut, aber der alte kennt die Ecken, so sagt der Volksmund. Vielleicht kann es hier ja auch so sein.«

Karin Möller sagte nichts dazu, was immer das bedeuten sollte.

»Was allerdings nicht geht, das ist das, was gestern während oder nach der Konferenz auf dem Lehrerparkplatz passiert ist«, setzte Reiter deshalb fort.

Karin Möller sah ihn fragend an.

»Sie haben noch nichts von den Ereignissen gehört?«, wollte Reiter erstaunt wissen.

Sie schüttelte ihren Kopf. »Nein, was denn?«

Horst Reiter berichtete in Kurzform das, was am Vortag passiert war. Karin Möller reagierte fassungslos. »Sie haben wirklich den Verdacht, dass es jemand aus dem Kollegium war?«, hakte sie ungläubig nach. »Kann es nicht auch ein Schüler gewesen sein?«

Reiter schüttelte seinen Kopf. »Das ist sehr unwahrscheinlich«, sagte er. »Ich kann mir nicht vorstellen, dass ein Schüler den Namen eines Dezernenten kennt, geschweige denn Grund und Anlass dazu hat, sein Kraftfahrzeug zu beschädigen.«

»Ich habe heute auf dem Parkplatz noch einmal Spurensuche betrieben«, fuhr er fort und deutete dabei auf die Gegenstände auf seinem Schreibtisch. »Mit einiger Sicherheit sind dies da die Tatwerkzeuge. Mit dem Nagel wurde der Lack geritzt und mit dem Stein wurde die Scheibe eingeschlagen. Den Stein habe ich in Papiertaschentuch eingewickelt – vielleicht befinden sich ja Fingerabdrücke darauf. Auf der Nagelspitze sind Farbreste zu sehen – die gleiche Farbe wie Berkels Wagen.«

Ungläubig betrachtete die Lehrerratsvorsitzende die beiden Gegenstände.

»Die tote Ratte habe ich im Gebüsch liegen lassen«, ergänzte Reiter. »Das werden Sie sicher verstehen.«

Frau Möller nickte wortlos.

»Aus meiner Sicht kommen nur Kolleginnen und Kollegen als Täter infrage, die vorzeitig die Dienstbesprechung verlassen haben«, setzte er fort. »Ich habe hier eine Liste mit zehn Namen.«

Frau Möller warf einen flüchtigen Blick auf die Liste und sah ihn fragend an.

»Ich möchte mit diesen Personen über den Vorfall sprechen«, erklärte Reiter. »Vielleicht ergibt sich dadurch ein Anhaltspunkt für die Täterschaft.«

»... und warum besprechen Sie das mit mir?« wollte die Lehrerratsvorsitzende wissen.

»Aus dienstrechtlicher Sicht ist diese Vorgehensweise grenzwertig«, antwortete Reiter ehrlich. »Deshalb möchte ich, dass Sie als Vertreterin des Kollegiums mit bei den Gesprächen anwesend sind. Ich möchte auch vermeiden, dass mir vonseiten der Kolleginnen und Kollegen anschließend irgendetwas Falsches unterstellt wird, wenn Sie verstehen, was ich meine.«

Karin Möller nickte. Es war deutlich zu sehen, dass ihr das alles sehr unangenehm war. Andererseits wollte sie es sich nicht gleich am ersten Tag mit dem neuen Schulleiter verderben. »Wann haben Sie denn vor, die Gespräche zu führen?«, wollte sie zögerlich wissen.

»So zeitnah wie möglich«, sagte er. »Morgen wahrscheinlich. Vielleicht auch schon heute. Vorab werde ich mir die Personalakten der entsprechenden Personen ansehen. Vielleicht finde ich jemanden, der mit dem Dezernenten noch eine „Rechnung offen“ hatte, also so etwas wie ein Tatmotiv. Ich sage Ihnen morgen Bescheid. Sofern Sie Unterricht haben sollten, werden Sie vertreten.«

»Na gut, wenn Sie meinen«, antwortete Frau Möller, immer noch unangenehm berührt. »Obwohl ich mir nicht viel davon verspreche.«

»Ich habe ebenfalls keine Ahnung, was dabei herauskommt, aber ich will nichts unversucht lassen, den Fall zu klären«, schloss Reiter das Gespräch ab.

»Sie können sich wahrscheinlich vorstellen, dass ich nicht vorhabe, mit einem ungeklärten Vorfall meinen Dienst an dieser Schule zu beginnen.«

»Ja, das kann ich nachvollziehen. Also dann bis morgen«, sagte Karin Möller und erhob sich.

»... Oder schon heute! Ich brauche Ihnen sicher nicht zu sagen, dass unser Gespräch vollkommen vertraulich war! Bitte kein Wort an das Kollegium«, gab Reiter der Lehrerratsvorsitzenden mit auf den Weg.

Sie nickte erneut. »Bis morgen dann, oder bis nachher.«

In dem Augenblick, als die Tür sich hinter ihr schloss, ertönte der Schulgong erneut.

»Pausenende«, dachte Reiter und ging zum Aktenschrank.

Er entnahm dem Schrank anhand der Liste die entsprechenden Akten und legte sie auf den Konferenztisch.

»Ich schau' erst einmal, wer aus diesem Personenkreis schon einmal Ärger mit der Bezirksregierung hatte«, dachte er.

Eine halbe Stunde und zwei Tassen Kaffee später hatte er die Akten in zwei Stapel aufgeteilt. Ein großer mit acht, ein kleiner mit zwei Akten.

»So weit, so gut«, dachte er. »Ich habe acht Personen, die nach Aktenlage unauffällig sind und zwei, die aus ihrer Sicht Grund genug hätten, sich an Berkel zu rächen.«

Reiter nahm eine Akte vom kleinen Stapel und schlug sie auf. »Studienrat Niermann«, murmelte er, »ist vor drei Jahren von Berkel abgemahnt worden, weil verschiedene Ausbildungsbetriebe sich über seine unzureichende Unterrichtsführung beklagt hatten. Eine große Zahl von Auszubildenden war in der Folge durch die theoretische Facharbeiterprüfung gefallen.«

Reiter legte die Akte zur Seite. »Das ist schlecht, aber so gravierend nicht«, dachte er. »Außerdem scheint seitdem nichts mehr vorgefallen zu sein.«

Er griff nach der zweiten Akte des kleinen Stapels. »... und der hier«, sprach er zu sich selbst, »Studienrat Kampmeyer hatte vor vier Jahren ein Disziplinarverfahren, weil er einem Schüler im Unterricht ein Buch auf den Kopf geschlagen hat.« Er blätterte weiter in der Akte und las: »3000 Euro Geldbuße, Eintrag in die Personalakte.«

»Sachen gibt's«, murmelte er, »ich dachte, wir wären im 20. Jahrhundert. Erziehungsmethoden wie anno dunnemals.«

Kopfschüttelnd legte er die Akte beiseite. »Die beiden sind ja wohl die interessantesten Kandidaten auf der Liste«, dachte er. »Wenn ich die befrage, werden sie mir – wenn es einer von ihnen war – sicher nicht die Wahrheit sagen. Also fange ich erst einmal mit den acht anderen an.«

»Frau Berger, es tut mir leid, dass ich Ihnen an meinem ersten Tag hier schon so auf die Nerven gehe, aber ich bitte Sie um Folgendes«, sagte er im Sekretariat und gab ihr die Namensliste zurück. »Bitte laden Sie alle Personen außer Herrn Niermann und Herrn Kampmeyer im Zehnminutentakt heute ab 13 Uhr zu einem Gespräch in mein Büro ein. Und bitte verständigen Sie dementsprechend auch die Lehrerratsvorsitzende Frau …äh.«

»Möller«, ergänzte Sandra Berger. »Ja, das mache ich. Sonst noch etwas?«

»Nein, das war's. Ich hatte mir die Kennenlernphase mit dem Kollegium allerdings ganz anders vorgestellt«, seufzte er. Sandra Berger sah ihn mitleidig an. »Ja, das kann ich mir sehr gut vorstellen, Herr Reiter.«

Verhöre

Herbert Reiter hatte die Zeit bis 13 Uhr dazu genutzt, sich noch einmal die Personalakten der zehn Verdächtigten anzusehen. Insgeheim bedauerte er, nichts weiter Auffälliges gefunden zu haben. Kurz vor 13 Uhr klopfte es an der Tür. Er öffnete – es war die Vorsitzende des Lehrerrates, Frau Möller.

»Kommen Sie herein«, sagte er freundlich und deutete auf einen freien Stuhl am Konferenztisch. »Kaffee oder Tee?«

»Wasser, wenn Sie haben«, antwortete Frau Möller.

»Ja klar«, ich hole eine Flasche aus dem Kühlschrank im Sekretariat.

»Wirklich wohl ist mir bei der ganzen Sache nicht«, murmelte Frau Möller. »Ich weiß nicht, ob das alles so seine Richtigkeit hat.«

»Ich denke schon, dass wir das Richtige tun«, beruhigte Reiter seine Kollegin, obwohl er sich auch nicht ganz sicher war, dass sein Handeln durch das Dienstrecht abgedeckt war. Das hätte er jedoch nie zugegeben.

Die Lehrerratsvorsitzende seufzte vernehmbar. »Ihr Wort in Gottes Ohr.«

Reiter wollte sich gerade neben sie setzen, als es erneut an der Tür klopfte.

»Ah, das wird Frau Schindler sein, die steht als Erste auf der Liste«, sagte er und öffnete die Tür.

Petra Schindler betrat verschüchtert den Raum. Sie war nach Reiters Schätzung um die 40 Jahre alt, klein und schmächtig, eher unscheinbar.

»Guten Tag, ich soll zu einem Gespräch mit Ihnen kommen?«, fragte sie leise.

»Ja, vielen Dank für Ihr Kommen«, antwortete Reiter und wies ihr einen Platz gegenüber seinem Stuhl zu. »Sie sind …«

»Schindler. Petra Schindler. Lehrerin für Englisch und Französisch«, ergänzte sie leise.

»Möchten Sie einen Kaffee?« eröffnete er das Gespräch.

Petra Schindler schüttelte ihren Kopf. »Nein, ich hatte schon … im Lehrerzimmer.«

»Können Sie sich denken, warum wir Sie zum Gespräch gebeten haben?« setzte er fort.

»Ja, das hat bestimmt mit der Konferenz gestern zu tun«, antwortete sie leise.

»Exakt. Sie wissen, dass Ihr Verhalten aus dienstlicher Sicht alles andere als einwandfrei war?«, hakte er nach.

Petra Schindler begann sichtlich mit ihren Tränen zu kämpfen. »Ja, ich weiß auch nicht … Irgendwie habe ich mich mitreißen lassen. Es ging ja nicht gegen Sie … wir waren einfach sauer … so ohne Vorankündigung kommt eine neue Schulleitung, die dann auch noch …«

»Sagen Sie's ruhig – die dann auch noch uralt ist …«, beendete Reiter den Satz.

Katrin Möller fischte eine Packung Papiertaschentücher aus ihrer Schultasche und schob diese zu ihrer Kollegin über den Tisch. Frau Schindler warf ihr einen dankbaren Blick zu und trocknete ihre Tränen.

»Vergessen wir den Vorfall erst einmal«, fuhr Reiter fort. »Ein bisschen kann ich Sie und Ihre Kollegen ja verstehen. Ich weiß nicht, wie ich in dieser Situation ... ach, lassen wir das. Was uns vielmehr interessiert: Was haben Sie gemacht, nachdem Sie den Konferenzraum verlassen hatten?«

»Wir sind alle vor das Tor zum Schulhof gegangen«, entgegnete die Kollegin. »Der Raucher wegen. Die mussten erst einmal zur Beruhigung eine Zigarette rauchen.«

»Und Sie standen ununterbrochen zusammen?«, hakte Reiter nach.

»Ja«, antwortete Petra Schindler leicht erstaunt.

»Haben Sie beobachtet, dass jemand die Gruppe verlassen hat?«, schaltete sich die Lehrerratsvorsitzende, die sich bislang zurückgehalten hatte, in das Gespräch ein.

»Nein, da habe ich nicht. Aber ich habe mich die ganze Zeit mit Frau Zimmer unterhalten und nicht so sehr auf die anderen geachtet. Warum fragen Sie?«. Allmählich taute die Lehrerin auf.

»Wir haben unsere Gründe, wir erzählen Ihnen das später«, antwortete Reiter. »Sie haben also nicht beobachtet, dass jemand die Gruppe verlassen hat?«

»Nein, ich habe nichts gesehen«, antwortete sie mit fester Stimme.

»Vielen Dank, Frau Schindler. Das war es schon«, schloss Reiter das kurze Verhör ab. »Eine Bitte noch:

Bewahren Sie im Kollegium Stillschweigen über dieses Gespräch. Bitte halten Sie sich daran.«

»Ein Dienstvergehen pro Woche sollte ja wohl auch reichen«, ergänzte Karin Möller ironisch.

»Sie können jetzt nach Hause fahren«, sagte Reiter und stand auf, um ihr die Hand zu reichen. »Ich wünsche Ihnen einen schönen Nachmittag.«

»Ich auch!«, ergänzte die Lehrerratsvorsitzende.

Die nächsten sieben Gespräche verliefen ähnlich. Die protestierenden Lehrerinnen und Lehrer hatten sich nach ihrem Exodus aus der Dienstbesprechung auf dem Schulhof versammelt und dort miteinander diskutiert. Auch die beiden Hauptverdächtigen Kampmeyer und Niermann hatten – so die einhellige Aussage der Protestierer – die gesamte Zeit in der Gruppe verbracht. Einige Kollegen berichteten sogar gleichlautend, dass sie die beiden Raucher mehrfach kollegial ermahnt hatten, weil sie verbotenerweise auf dem Schulhof geraucht hatten.

»Wissen Sie was?«, fragte Reiter um drei Uhr nach dem letzten Gespräch. »Die Verhöre von Kampmeyer und Niermann können wir uns ersparen. Es sieht tatsächlich danach aus, dass wir die Tat keinem der Protestierer anhängen, geschweige denn nachweisen können.«

»Das habe ich doch von vornherein gesagt«, antwortete Karin Möller pikiert. »Ich kenne mein Kollegium gut genug, dass ich niemandem zutrauen würde, so etwas zu tun.«

»Man kann den Menschen nur vor den Kopf gucken«, murmelte Reiter, der seine Enttäuschung über den

Ausgang der Befragungen nur mühsam verbergen konnte. Er hatte gehofft, sich mit der Lösung des Falls einen ersten Respekt im Kollegium zu verschaffen. Nun hatte er das Problem, Mitglieder des Kollegiums eventuell falsch verdächtigt zu haben. »Das kommt sicher nicht gut an«, dachte er.

»Lassen wir's also für heute«, sagte er und blickte auf seine Uhr. »Es reicht. Entschuldigen Sie bitte, dass ich Sie schon an meinem ersten Tag an dieser Schule dazu bringe, Überstunden zu machen.«

»Nicht schlimm«, antwortete Karin Möller. »Ich hatte sowieso nichts vor … und wenn es der Wahrheitsfindung dient …«

»Ha!«, entgegnete Reiter laut. »Zitat von Fritz Teufel, 1968 vor dem Berliner Gericht als er aufstehen sollte.«

»Falsch. November 1967«, gab sie schnippisch zurück.

»Heute ist wirklich nicht mein Tag«, dachte Reiter und erhob sich.

Er geleitete seine Kollegin zur Tür und wünschte ihr einen schönen Nachmittag.

Das Sekretariat war bereits seit 14 Uhr geschlossen, die Kernunterrichtszeit war auch vorüber. Herbert packte seine Tasche und verharrte noch einmal für einige Sekunden am Schreibtisch, um die beiden gefundenen Tatwerkzeuge zu betrachten.

»Wenn ihr reden könntet«, murmelte er, »dann wäre das alles ganz, ganz einfach.«

Auf dem Weg nach Hause hörte er eine CD mit Musik für zwei Gitarren. Ein Stück des Komponisten Mauro Giuliani gefiel ihm besonders gut. Er beschloss, sich die Noten zu besorgen und seinen Bruder Horst zu überreden, es mit ihm zusammen zu spielen. Wahrscheinlich wird er wieder protestieren, dachte er, weil Horst trotz des gemeinsamen Hobbys einen anderen Musikgeschmack hatte.

»Na, wie war es?«, wollte Angelika wissen, als er sich leise stöhnend am Küchentisch niederließ.

»Ach, frag mich nicht«, antwortete er kurz. »Es war eine absolute Nullnummer. Ich mache jetzt erst einmal die Lehrerhechtrolle aufs Sofa.«

Nach dem Abendessen telefonierte er noch einmal mit seinem Bruder Horst.

»Oh, daran habe ich noch gar nicht gedacht«, hörte er Angelika ihn am Telefon sagen. »Ja, das ist ein guter Tipp und ein gutes Angebot. Ich werde das morgen sofort überprüfen. Ich rufe dich dann sofort an.«

Von dem Duostück, das er auf der Rückfahrt gehört hatte, erzählte er seinem Bruder noch nichts. Er wusste, dass es besser war, die CD mit ihm zusammen zu hören und dann ganz beiläufig auf die Idee zu kommen, das auch einmal zu spielen.

Entgegen seiner Gewohnheit ging Reiter noch früher als am Vortag zu Bett, um am nächsten Morgen etwas fitter zu sein.

Erneute Tätersuche

Herbert hatte schlecht geschlafen. Einerseits, weil er zu ungewohnt früher Stunde schon um halb zwei zu Bett gegangen war, andererseits, weil er sich ärgerte, durch die Befragungen keinen Schritt weitergekommen zu sein. Ein letzter Hoffnungsschimmer war ihm durch den Tipp seines Bruders noch geblieben.

Entgegen seinem eigenen Wunsch, erst um 10 Uhr morgens seinen Dienst an der Schule zu beginnen, traf er schon um 9 Uhr im Sekretariat ein.

»Oh, aus dem Bett gefallen?«, wollte Frau Berger schnippisch wissen, nachdem er sie begrüßt hatte.

Reiter überhörte die Bemerkung und ging schnurstracks in sein Büro. Die beiden Fundstücke des Vortages lagen noch auf dem Schreibtisch.

»Ihr könnt doch reden«, sagte er halblaut zu den Gegenständen. »Ich muss euch nur zum Reden bringen.«

Sandra Berger brachte ihm einen Pott Kaffee ins Büro.

»War nicht so gemeint, Chef«, sagte sie, als sie die Tasse auf den Schreibtisch stellte.

»Weiß ich«, antwortete Reiter grinsend. »Außerdem stimmt es ja. Und danke für den Kaffee.«

»Immer gerne«, antwortete sie, sichtlich erleichtert, dass er ihre Bemerkung nicht übelnahm.

»Als ich gestern hereinkam«, fuhr er fort, »was haben Sie da gerade gemacht?«

Sandra Berger sah ihn verständnislos an. »Ich habe die Krankmeldungen in den Computer eingegeben«, antwortete sie. »So wie jeden Tag.«

»Also auch so wie am Tag der Dienstbesprechung?«, hakte er nach.

»Ja, wie jeden Tag. Ich muss das tun. Für die Bezirksregierung. Die führen für das Ministerium eine Statistik über Unterrichtsausfälle und eine Krankenstatistik.«

»Ja, die kenne ich, die wird immer in Schönschrift geschrieben, wenn Sie verstehen, was ich meine«, brummte Reiter und setzte sich an den Schreibtisch. »Können Sie mir bitte eine Liste von vorgestern ausdrucken?«

»Ja, gerne«, sagte sie schulterzuckend. »Ich bringe sie ihnen sofort.«

Zwei Minuten hielt er die Liste in seinen Händen. »Können Sie mir etwas zu den jeweiligen Erkrankungen sagen?«, wollte er wissen.

»So genau weiß ich das nicht, die Daten sind ja geschützt«, antwortete sie wahrheitsgemäß. »Aber in den meisten Fällen weiß ich schon, welche Gründe für das Fehlen vorliegen. Die Kollegen erzählen mir fast alles.«

»Dann gehen wir die Liste doch einmal gemeinsam durch!«, gab er zurück. »Nehmen Sie doch bitte Platz«.

»Das durfte ich bei Ihrem Vorgänger nicht!«, sagte sie erstaunt, als sie sich auf den Besucherstuhl setzte.

»Na, das ist ja auch schon eine Weile her«, bemerkte Reiter. »Die Zeiten haben sich geändert, wenigstens hier im Haus.«

»Arbeiten wir einmal die Liste ab«, setzte er fort. Mit einem Blick hatte er gesehen, dass nur fünf Namen notiert waren.

»Nummer eins«, sagte er, »Herr Doktor Schrader.«

»Er ist Lehrer für Mathematik und Religion«, antwortete Frau Berger. »Er fehlt seit zwei Wochen, gebrochenes Bein beim Freizeitsport.«

»Freizeitsport sollte man Lehrern verbieten«, knurrte Reiter. »Wenn die sich verletzen, dann bringen sie den gesamten Betrieb durcheinander und die Kollegen müssen Vertretungsunterricht übernehmen.«

»Das war ein Scherz!«, ergänzte er grinsend, als er Frau Bergers ungläubiges Gesicht sah.

»Dann die Nächste«, setzte er fort. »Frau Bittermann.«

»Sie ist Lehrerin für Tastschreiben und Textverarbeitung«, erklärte die Verwaltungsfachangestellte. »Sie liegt seit einer Woche im Krankenhaus. Irgendetwas mit dem Rücken, so genau weiß ich auch nicht.«

»Das kenne ich! Die kommt also auch nicht infrage«, brummte Herbert leise vor sich hin. »Tastschreiben, was ist das?«, hakte er laut nach.

»Das brauchte man früher einmal: Schreibmaschine schreiben, ohne hinzusehen. Das wird heute dank der Computer nicht mehr so gebraucht«, klärte sie ihn auf.

»Ah ja«, verstand Reiter. »Heutzutage tastet man mit zwei Daumen auf dem Handy. Ich werde das nicht mehr lernen.«

Frau Berger nickte verständnisvoll.

»Nun gut, Nummer drei«, zählte er auf. »Herr Becks.«

»Herr Becks, Lehrer für Deutsch und Sozialkunde, ist seit drei Wochen in der Reha«, wusste Frau Berger zu berichten. »Er hatte vor drei Monaten einen schweren Herzinfarkt. Ich glaube nicht, dass er bald wiederkommt, wenn überhaupt, denn er steht schon kurz vor seiner Pensionierung.«

»Dann versuchen wir es mit Nummer vier!«. Reiter begann zu befürchten, dass sein Plan scheitern würde. »Herr Krüger«.

»Warten Sie«, antwortete Frau Berger nach kurzem Zögern. »Herr Krüger ist Lehrer für Metalltechnik. Nur Metalltechnik, soweit ich weiß. Er hatte sich vorgestern bei unserem Vertretungsteam telefonisch wegen eines

Migräneanfalls krankgemeldet. Er ist heute wieder im Haus.«

»Aha, ein Kandidat«, dachte Reiter erfreut und notierte sich den Namen. »Und Nummer fünf?« setzte er fort.

»Herr Karadeniz, Lehrer für Wirtschaftswissenschaften und Sport. Ein türkeistämmiger Lehrer. Er war nicht krank, sondern er hat an einer mehrtägigen Fortbildung in Hamburg teilgenommen. Er hat die Teilnahmebescheinigung heute zur Ablage in der Personalakte abgegeben.«

»Der käme vielleicht auch noch infrage«, dachte Reiter. »Bis Hamburg sind's zwar 450 Kilometer, aber es ist nicht unmöglich.«

»Fortbildungen sollte man auch verbieten«, knurrte er, als er den Namen des Lehrers notierte. »Die führen ebenfalls nur zu Unterrichtsausfall.«

»Das war wohl wieder ein Scherz?«, wollte Frau Berger wissen.

»Natürlich«, antwortete er grinsend. »Ich war selbst jahrelang Fortbildungsbeauftragter meiner Schule, ich weiß, wie wichtig die regelmäßigen Fortbildungen sind.« »Danke«, fuhr er fort. »Sie haben mir sehr weitergeholfen.«

Als er wieder allein war, holte er sich die Personalakten von Krüger und Karadeniz aus dem Schrank. Senol Karadeniz war – so konnte er lesen – seit sechs Jahren Lehrer an der Schule. Die dienstlichen Beurteilungen waren gut bis sehr gut, zudem hatte er im Laufe der Jahre einige Fortbildungen erfolgreich besucht. Die aktuelle Bescheinigung der Veranstaltung in Hamburg war bereits abgeheftet. Ihrem Inhalt zufolge hatte er am

Tag der Dienstbesprechung an einer Gruppendiskussion teilgenommen. Reiter wusste, dass bei solchen Veranstaltungen die Vollzähligkeit der Teilnehmer nicht permanent nachgeprüft wurde, ein fast ganztägiges Fehlen allerdings auffallen würde.

Studienrat Michael Krüger war seit fast zwanzig Jahren Lehrer für Metalltechnik am GKBK. Die dienstlichen Beurteilungen waren eher durchwachsen, Teilnahmebescheinigungen von Fortbildungen suchte Reiter vergebens. Ein Aktenvorgang stieß auf sein besonderes Interesse: Vor vier Jahren hatte sich Krüger auf eine Stelle als Oberstudienrat an der Schule beworben. Das Gutachten des zuständigen Dezernenten nach dem vorgeschriebenen Unterrichtsbesuch und dem nachfolgenden Kolloquium war vernichtend. „Der Lehrer konnte weder im Unterricht noch im Kolloquium überzeugen", stand dort als Fazit der Beurteilung. „Er ist für die Besetzung der ausgeschriebenen Stelle nicht geeignet." Unterschrieben hatte der damals zuständige schulfachliche Dezernent – LRSD Berkel.

»Hab' Dich«, rief Reiter aus, obwohl er allein im Büro war.

»Jetzt muss ich ihn nur noch dingfest machen«, brummte er erfreut vor sich hin. »Denn ohne handfeste Beweise läuft da nix.«

»Bitte bestellen Sie doch einmal Herrn Krüger und die Lehrerratsvorsitzende Frau ...«, sagte er zu Sandra Berger.

»... Möller«, ergänzte sie. »Möller wie Müller nur mit „ö". Welche Uhrzeit?«

»Nächste Pause«, antwortete er knapp und ärgerte sich über sein schlechtes Namensgedächtnis.

»Wird gemacht. Noch einen Kaffee?« fragte sie. Vielleicht hatte sie noch immer ein gewisses Unbehagen wegen ihrer schnippischen Bemerkung am frühen Morgen. Sie ahnte nicht, dass Reiter das schon lange vergessen hatte.

Die Überführung

Der Gong ertönte um 10.45 Uhr.

Zwei Minuten später klopfte es an der Tür zum Gang. Es war die Lehrerratsvorsitzende Frau Möller.

»Bitte nehmen Sie Platz«, sagte Reiter nach der Begrüßung. »Ich habe noch ein weiteres Gespräch mit Ihnen zusammen zu führen. Mit Herrn Krüger aus der Metalltechnik.«

»Der war doch am Tag der Dienstbesprechung krankgemeldet«, bemerkte sie erstaunt. Sie wusste es, weil sie mit zum Team der Vertretungsregelung gehörte.

»Genau deswegen!«, bestätigte Reiter, »und ich möchte, dass Sie bei dem Gespräch als Zeugin mit dabei sind.«

»Wenn's sein muss«, antwortete Frau Möller mit sichtlichem Unbehagen.

»Wat mutt, dat mutt«, kommentierte Reiter nur.

»Das sagte Björn Engholm 1991 bei seiner Wahl zum Parteivorsitzenden«, kam es wie aus der Pistole geschossen aus dem Mund von Frau Möller.

»Hut ab«, bemerkte Reiter. »Ich dachte, nur ich würde das wissen.«

Ein Klopfen an der Tür unterbrach das Geplänkel. Reiter öffnete die Tür.

»Krüger mein Name, Michael Krüger«, stellte der Mann sich vor. »Sie wollen mich sprechen?«

»Ja, kommen Sie herein«, antwortete Reiter mit einer einladenden Handbewegung. »Nehmen Sie Platz.« Er nutzte die Zeit, den Kollegen etwas genauer zu mustern. Laut Personalakte war Krüger 54 Jahre alt. Er war mittelgroß, von kräftiger Statur, etwas ungepflegt.

Krüger setzte sich umständlich an den Konferenztisch. »Was kann ich für Sie tun?«, fragte er.

Reiter setzte sich ihm gegenüber. »Jetzt fehlt mir nur noch die starke Lampe, um ihm ins Gesicht zu leuchten, so wie in den Fernsehkrimis«, dachte Reiter.

»Ich habe nur eine einfache Frage«, gab Reiter zur Antwort. »Wo waren Sie vorgestern zwischen 14 Uhr und 15 Uhr?«

Krüger sah ihn verständnislos an. »Ich weiß nicht, was ...« begann er.

»... mich das angeht, wollten Sie sagen«, beendete Reiter den Satz in ruhigem Ton. »Aber es gab einen Vorfall hier auf dem Gelände. Vielleicht können Sie uns weiterhelfen.«

»Ich war zu Hause«, versicherte Krüger sichtlich nervös. »Ich hatte einen heftigen Migräneanfall und mich deshalb am Morgen beim Vertretungsteam krankgemeldet.«

»Ja, das weiß ich«, konterte Reiter. »Aber das schließt ja nicht aus, dass Sie hierher gekommen sind.«

»Nein, ich lag auf dem Sofa im Wohnzimmer«, beteuerte Krüger.

»Gibt es dafür Zeugen?«, hakte Reiter nach.

»Nein, ich lebe allein«, antwortete Krüger. Nach einer kurzen Pause fügte er hinzu »Fragen Sie wegen des Wagens von Herrn Berkel? Wegen der toten Ratte und der eingeschlagenen Scheibe?«

»Bingo, jetzt habe ich Dich«, dachte Reiter erfreut. »Woher wissen Sie von dem Vorfall?«, wollte er von Krüger wissen. Sein Ton wurde schärfer.

»Das hat mir ein Kollege erzählt«, log Krüger.

»So genau kann Ihnen das niemand erzählt haben«, konterte Reiter. »Wir haben keine Details erwähnt, zudem habe ich alle Kollegen, mit denen ich gesprochen habe, zum Stillschweigen verpflichtet. Aber selbst, wenn jemand etwas zu Ihnen gesagt hat – von der toten Ratte haben wir nie gesprochen. Das kann nur der Täter wissen – und das sind Sie!«

Reiter bemerkte, wie Krüger innerlich zusammenbrach, weil er der Tat überführt war.

»Ich will Ihnen sagen, wie das gelaufen ist«, setzte Reiter fort. »Als Sie hörten, dass Herr Berkel zu meiner Einführung an dieser Schule anwesend sein würde, beschlossen Sie, sich für die negative dienstliche Beurteilung im Oberratsverfahren zu rächen. Sie meldeten sich krank, warteten irgendwo im Gebüsch auf das Eintreffen von Herrn Berkel und verwüsteten dann den Wagen. Stein und Nagel haben Sie vermutlich mitgebracht, ich denke, die tote Ratte war eine hässliche Dreingabe, die Sie im Gebüsch gefunden haben. Stimmt's so?«

»… und: falls Sie leugnen wollen«, ergänzte er, »Mein Bruder ist Kriminalkommissar. Er hat die Möglichkeit, den Stein auf Fingerabdrücke hin zu untersuchen. Ich

bin mir sicher, dass er fündig wird.« Insgeheim wusste
Reiter, dass er bluffte, aber er befolgte nur den Rat, den
ihm sein Bruder Horst am Vorabend gegeben hatte.

Michael Krüger nickte und brach in Tränen aus.

»Sie wissen nicht, wie erniedrigend das vor vier Jahren
war! Dieses Gutachten war total ungerechtfertigt«,
schluchzte er. Frau Möller reichte ihm wortlos ein Papiertaschentuch, mit dem er sich die Tränen aus den
Augen wischte. »Das Gespött im Kollegium war kaum
aushaltbar«, setzte er fort. »Jahrelang habe ich geackert,
und zum Dank wurde ich von Berkel, diesem Schwein,
niedergemacht.«

»Nana, bitte achten Sie auf Ihre Wortwahl«, fuhr Reiter
dazwischen. »Und das mit dem Ackern: Ihre Personalakte spricht da eine andere Sprache. Da gibt es einen
erheblichen Unterschied zwischen Ihrer Selbsteinschät-
zung und der Fremdeinschätzung meiner Vorgänger.
Aber das will ich nicht weiter beurteilen.«

»Und nun?«, wollte Krüger wissen, »was wird geschehen?«

»Nun, ich muss Sie bei der Bezirksregierung anzeigen.
Ich werde heute noch ein Protokoll schreiben, das Frau
Möller als Lehrerratsvertreterin und Zeugin sowie Sie
selbst unterschreiben werden. Über Weiteres werden
dann die Personalabteilung der Bezirksregierung bezie-
hungsweise die Rechtsdezernentin entscheiden. Ich
glaube nicht, dass Sie aus dem Dienst entlassen werden,
aber es wird zu einem Disziplinarverfahren kommen,
über dessen Ausgang ich Ihnen beim besten Willen
nichts sagen kann.«

Trotz der Überführung als Täter schien Krüger etwas erleichtert zu sein. Vielleicht hatte er nach der Tat seine Schuld empfunden und schwerer als vorher vermutet daran getragen.

»Auf jeden Fall stelle ich Sie für den Rest der Woche vom Unterricht frei«, setzt Reiter fort. »Vorbehaltlich einer Entscheidung der Bezirksregierung, natürlich. Bitte informieren Sie das Vertretungsteam darüber. «

»Es reicht, wenn ich das weiß«, warf Frau Möller ein. »Ich bin ja im Vertretungsteam. Ich werde als Abwesenheitsgrund erst einmal „Migräne" eintragen, damit der Fall keine Wellen schlägt.«

Sie war kreideweiß im Gesicht – diesen Verlauf des Gespräches hatte sie vorher nicht geahnt.

»Vielen Dank, dass Sie mitgeholfen haben«, sagte er zur Lehrerratsvorsitzenden, nachdem Michael Krüger das Schulleitungsbüro wie ein geprügelter Hund verlassen hatte.

»Viel habe ich ja nicht dazu beigetragen«, bedauerte sie. »Ich hätte niemals gedacht, dass die unselige Geschichte so ausgehen würde.«

»Das hätte ich nach den gestrigen Gesprächen auch nicht«, gab Reiter zu. »Aber Wunder gibt es immer wieder«, ergänzte er.

»Ein Liedtitel von Katja Ebstein, 1969«, entfuhr es ihr spontan.

»Nicht ganz«, antwortete Reiter süffisant, »Es war 1970. Eins zu Eins für uns beide!«

»Aber noch einmal vielen Dank«, ergänzte er. »Auch für die menschliche Betreuung der Kolleginnen und Kollegen.«

»Ach ja«, antwortete sie mit ironischem Unterton. »Kann ich mir die Papiertaschentücher demnächst über das Schulkonto bestellen? Ich habe hier während der Gespräche einige verbraucht – die waren von mir privat finanziert.«

»Sie sind Lehrerin für ...«, wollte er wissen.

»Wirtschaftswissenschaften und Rechnungswesen«, antwortete sie grinsend.

»Na, dann ist alles klar«, antwortete er ebenso ironisch. »Von der Schule bekommen Sie nichts – Sie wissen, notorischer Geldmangel der Kommunen. Aber Sie können die Taschentücher sicher von der Steuer absetzen, wenn ich Ihnen eine Bescheinigung ausstelle. Das werde ich gerne tun.«

Auf dem Heimweg hörte Reiter sich erneut die CD mit Gitarrenduos an. Julian Bream und John Williams, die beiden großen englischen Gitarristen des 20. Jahrhunderts im Duo. Live. »Unglaublich«, dachte er, »so bekommen Horst und ich das niemals hin. Aber Hauptsache, wir haben unseren Spaß dabei.«

Nachgeplänkel

Normalerweise mahlen die Mühlen der Bezirksregierung langsam, aber gründlich. In diesem Fall war es aber anders. Bereits nach wenigen Tagen konnte der Fall dank des umfassenden Geständnisses von Michael Krüger zu den Akten gelegt werden.

Der Leitende Regierungsschuldirektor Klaus Berkel ließ es sich nicht nehmen, Reiter telefonisch persönlich zu informieren.

»Ich hatte ein längeres Gespräch mit dem Lehrer«, sagte er zu Reiter am Telefon. »Vielleicht war ich damals in dem Beförderungsverfahren tatsächlich etwas zu harsch, das mag sein. Aber das ändert an der Sache nichts, denn zur Beförderung geeignet war der Mann auf keinen Fall. Wenn man so jemanden befördert – ist das das falsche Signal ans Kollegium und zudem hat man ihn dann für den Rest der Dienstzeit „an der Hacke".«

»Und welche Bestrafung ist in dem Verfahren verhängt worden?«, wollte Reiter wissen.

»Zuerst einmal muss Krüger für den Sachschaden aufkommen, also eine neue Fensterscheibe und die Neulackierung der Fahrerseite. Im Disziplinarverfahren wurde eine sechsmonatige Gehaltskürzung in Höhe von 500 Euro monatlich entschieden, zusätzlich eine Beförderungssperre für die nächsten fünf Jahre. Ich denke, das ist angemessen. Auf eine Versetzung an eine andere Schule haben wir verzichtet – allein schon wegen des Lehrermangels an Ihrer Schule, den wir nicht noch weiter vergrößern wollten. Auf eine Zivilklage und eine Strafanzeige werde ich ebenso verzichten.«

»Ich denke, dass das angemessen ist«, kommentierte Reiter. »Die Beförderungssperre wird dem Kollegen allerdings am verlängerten Rücken vorbeigehen. Krüger ist doch schon 54 Jahre alt.«

»Lieber Herr Schulleiter«, antwortete Berkel am anderen Ende der Leitung. »Sie kennen doch unsere Kollegen, oder? In einem Jahr hätte der das alles vergessen und meldete sich voller Selbstüberzeugung auf die nächste Beförderungsstelle. Wetten, dass …?«

»Lieber nicht!«, rief Reiter in den Hörer und legte auf.

Frühstück

Herbert Reiter war mittlerweile seit drei Tagen Leiter des von ihm ungeliebten Berufskollegs. Er hatte seine ersten Tage im Pensionärsdienst damit verbracht, die Beschädigung des Wagens des Dezernenten aufzuklären. Zudem hatte er an der unschönen Begrüßung durch das Lehrerkollegium zu knacken – obwohl er es sich selbst nicht eingestehen wollte.

»Das war es nicht, warum ich dem Berkel nachgegeben habe«, dachte er auf der Fahrt nach Duisburg. »Außer ein paar Lehrern und Lehrerinnen und der Sekretärin kenne ich noch niemanden an der Schule.«

Spontan beschloss er, das zu ändern. Auf dem Weg zur Schule lagen eine Bäckerei und ein Lebensmittelgeschäft. Spontan steuerte er den dazugehörigen Parkplatz an und kaufte ein.

Schwer beladen und keuchend begrüßte er Sandra Berger, als er das Sekretariat betrat.

»Guten Morgen«, begann er, nachdem er die Einkaufstüten abgestellt hatte, »ich würde gerne eine Dienstbesprechung mit Ihnen und Ihren Kolleginnen und Kollegen von der Verwaltung durchführen«, begann er. »Damit das etwas gemütlicher wird, habe ich uns ein Frühstück mitgebracht.«

»Oh, das ist lieb von Ihnen«, freute sich Sandra Berger. »Wer soll denn alles mit dabei sein?«

»Alle außer dem Reinigungspersonal und dem Kollegium«, versuchte Reiter den Personenkreis zu umreißen, da er gar nicht wusste, wer alles in der Schulverwaltung arbeitete.

»Also der Hausmeister, meine Kollegin vom Schülersekretariat und der Schulverwaltungsassistent?«,
zählte sie auf.

»Das klingt gut so«, antwortete Reiter. »Sagen sie denen
bitte, dass sie zur Pause um 10.45 Uhr zu mir eingeladen
sind. Kochen Sie uns einen Kaffee?«, ergänzte er.

»Der steht schon auf Ihrem Schreibtisch«, sagte Sandra
Berger und hob den Telefonhörer auf, um die Mitarbeiter zu informieren.

»Das ist ja ein prima Service hier«, stellte Reiter erfreut
fest und schleppte seine Einkäufe in sein Büro.

Durch die Aufregungen der vergangenen Tage war
er noch gar nicht richtig dazu gekommen, sich sein
neues Büro in Ruhe anzusehen. Es war ein ungewöhnlich großer Raum. »Fast so groß wie ein Klassenzim-
mer«, dachte er. »Das stammt noch aus der Zeit, als
Schulleiter wie kleine Fürsten agieren und Hof halten
konnten.«

Das Mobiliar stammte aus den Gründerzeiten der
Schule, also aus den 1960er-Jahren. Einer seiner Vorgänger hatte einige billige Kunstdrucke an die Wände
gepappt. »Es fehlt nur noch die Zigeunerin mit der
Rose«, murmelte er, »die in der 60er-Jahren in jedem
zweiten Wohnzimmer zu finden war. Fürchterlich!«

An einer Wand stand eine heruntergekommene li-
lafarbene Couch mit einem Couchtisch davor, der – so
vermutete Reiter – irgendwann in den 1970er-Jahren
vor dem Sperrmüll gerettet worden war. Vor den nuss-
baumfarbenen Einbauschränken, in denen sich die Personalakten befanden, waren einige buchefarbene Schü-
lertische zu einem großen Konferenztisch für zehn

Personen zusammengeschoben, als Sitzgelegenheiten dienten ebenfalls Stühle, die offensichtlich aus den Klassenzimmern zusammengeklaubt waren. Die Krönung des Stilmixes bildete ein überdimensional großer Schreibtisch, dessen Eichenfurnier schon wesentlich bessere Zeiten gesehen hatte. Der Boden war mit einem abgewetzten Buchenparkett belegt, das an einigen Stellen deutliche Schäden durch Wasser aufwies. »Vielleicht wollten meine Vorgänger einen ständigen Überblick über die hier wachsenden Holzsorten haben«, vermutete er. Zum Abschluss fiel sein Blick auf die Gardinen, die vor den zahlreichen Fenstern wehten. »Ich hätte nicht gedacht, dass ich in meinem Leben noch einmal solche Häkelarbeiten zu sehen bekomme«, dachte er. »Solche Vorhänge hatten meine Eltern in den 1960er-Jahren, bis sie damals schon unmodern wurden.«

Er beschloss, am Zustand seines Arbeitsplatzes kurzfristig einiges zu ändern, musste sich vorerst aber mit dem musealen Zustand des Mobiliars zufriedengeben.

»Haben wir Geschirr?«, rief er so laut, dass Sandra Berger es im Sekretariat hören konnte.

»Neeeiiin«, schallte es zurück. »Aber ich kann ein paar Teller und Tassen aus dem Lehrerzimmer holen.«
Wenige Minuten später erschien sie mit einem Tablett voll mit verschiedenen Geschirrteilen. »Die Sachen passen ja hervorragend zu dem Einrichtungsstil des Büros«, monierte Reiter. Frau Berger sah ihn verständnislos an und zuckte mit den Schultern. »Mehr haben wir nicht – diese Geschirrteile haben Lehrerinnen und Lehrer im Laufe der Jahre mitgebracht.«

»Ich denke, dass sie das Geschirr selbst für Polter-abende nicht gut genug fanden«, vermutete Reiter und begann – unterstützt von Frau Berger – den Tisch zu decken.

Als der Gong zur Pause erklang, kamen seine neuen Mitarbeiter aus dem Sekretariat heraus in sein Büro und blieben in der Nähe des Konferenztisches abwartend stehen.

»Guten Morgen«, begrüßte Herbert seine Gäste. »Bitte nehmen Sie doch Platz.«

Die vier setzten sich an den gedeckten Konferenztisch und – schwiegen.

»Ich dachte, es wäre eine gute Idee«, sagte Herbert, nachdem er sich gesetzt hatte, »dass wir unsere Zusam-menarbeit mit einem Kennenlern-Frühstück beginnen. Schließlich sind Sie die Personen, mit denen ich als Schulleiter die meiste Zeit zusammen verbringen werde.« »Das würde ich abwarten«, erwiderte Frau Ber-ger. »Kollegen können ganz schön anstrengend und zeitintensiv sein.«

Reiter überhörte die Bemerkung geflissentlich und fuhr unbeirrt fort mit seiner Begrüßung.

»Bitte langen Sie gerne zu«, sagte er und deutete auf die Brötchen, die in einem Korb auf dem Tisch standen. »Wir können ja wohl gleichzeitig essen und reden, denke ich.«

Seine Gäste langten zögerlich und schweigend zu.

Reiter hatte sich im Lauf der Vorbereitungen für das Frühstück bei Frau Berger erkundigt, wer denn alles zu erwarten sei. Deshalb konnte er sie immerhin schon namentlich ansprechen.

»Sie sind sicher, Herr Öcek, unser Hausmeister«, sagte Reiter zu einem Mann im mittleren Alter, dessen türkische Herkunft unverkennbar war.

»Ja, das bin ich«, antwortete er. »Mehmet Öcek mein voller Name. Ich bin seit 12 Jahren Hausmeister hier.« Dann schwieg er wieder und wandte sich seinem Käsebrötchen zu.

»In meiner Zeit als Lehrer und Schulleiter habe ich gelernt, dass kaum jemand wichtiger ist an einer Schule als ein engagierter Hausmeister«, sagte Reiter freundlich. »Das Gebäude einer Schule steht und fällt mit seinem Einsatz.«

»Hoffentlich war das jetzt nicht zu dick aufgetragen«, dachte er.

»Ja, mit ihm haben wir einen guten Fang gemacht«, warf Frau Berger ein, auch, um zu helfen, das Eis zu brechen.

»Und sie sind dann Frau Seidler«, schloss Reiter messerscharf und blicke die Kollegin aus dem Schülersekretariat an.

»Ja, das bin ich«, antwortete sie. »Seit über 20 Jahren schon bin ich zuständig für alle Schülerangelegenheiten – von den Schulbescheinigungen über Bescheide bis hin zu den Schülerausweisen. Ich kenne hier alle Schülerinnen und Schüler.«

Pia Seidler war etwas älter als ihre Kollegin Stefanie Berger – Reiter schätzte sie auf Anfang 50 – hatte blonde, schulterlange Haare und war von eher hagerer Statur.

»Oh, das glaube ich«, sagte Reiter. »Ich vermute einmal, dass Sie unter Langeweile am Arbeitsplatz nicht zu klagen haben.«

»Das haben wir alle nicht«, antwortete sie knapp und goss sich dabei weiteren Kaffee in ihre Tasse.

»Wir haben mehr als 1500 Schülerinnen und Schüler aus insgesamt 56 Ländern an unserer Schule«, ergänzte sie. »Das ist eine ganze Welt im Kleinen.«

»Das haben Sie gut gesagt«, antwortete Reiter. »Ich bin oft selbst erstaunt, dass es funktioniert.«

»Meistens schon«, kommentierte Pia Seidler. »Aber leider nicht immer.«

»Und Sie sind dann unser Schulverwaltungsassistent?«, leitete Herbert Reiter über und wandte sich einem Mann – ebenfalls um die 50 Jahre alt – zu.

»Ja, Klemens Hoffmann mein Name«, bestätigte er. »Ich bin erst seit sechs Jahren am GKBK. Zuständig für Formulare, unsere Homepage, die Statistik, teilweise für die Computer und für die Stundenplangestaltung.«

»Damit wird die Schulleitung gut entlastet«, bemerkte Reiter.

»Ja, wenn eine vorhanden ist, dann schon«, bestätigte Hoffmann. »Wenn nicht, dann liegt die meiste Last allein bei mir.«

»Das wird sich ändern«, antwortete Reiter optimistisch

Der Schulgong läutete die fünfte Unterrichtsstunde ein. »Wir machen weiter«, sagte Herbert. »Die Schule wird nicht zusammenbrechen, wenn die Büros für eine halbe Stunde nicht besetzt sind.«

»Jetzt fehlt nur noch einer in unserer Runde«, meldete sich Sandra Berger zu Wort. »Sie!«

»Wohl wahr«, stimmte Reiter zu. »Also kurz zu mir: Mein Name ist Herbert Reiter, verheiratet, zwei Kinder – alles Mädchen, beide aus dem Haus und somit von meiner Gehaltsliste herunter –, wir wohnen im Oberhausener Norden, in Schmachtendorf.«

Er goss sich weiteren Kaffee in seine Tasse und fuhr fort: »Lange Zeit war ich Lehrer an verschiedenen Schulen, bis ich Schulleiter an einem Berufskolleg in Essen wurde. Dort habe ich bis zu meiner Pensionierung gearbeitet. Dann war ich vier Jahre lang sehr glücklicher Pensionär, bis die Bezirksregierung auf die glorreiche Idee kam, mich zu reaktivieren. Und nun bin ich hier.«

Ihm entgingen die mitleidigen Blicke seiner Mitarbeiter nicht. »Ich weiß nicht, ob ich das mit mir machen lassen würde«, warf Frau Seidler ein. »Irgendwann ist's doch genug mit dem Arbeiten, denke ich.«

Die drei anderen nickten zustimmend.

»Ja, das hätte ich mir auch nicht vorstellen können«, sagte Reiter. »Aber mir ist gut zugeredet worden – und vielleicht habe ich ja dadurch die Chance, der Gesellschaft etwas von dem zurückzugeben, was ich von ihr bekommen habe.«

»Chapeau!«, kommentierte der Schulverwaltungsassistent Hoffmann.

»Nun gut, jetzt kennen wir uns schon etwas näher«, schloss Reiter die Vorstellungsrunde. »Lassen Sie uns darüber reden, wo aus Ihrer Sicht Handlungsbedarf an dieser Schule ist, oder – wie man so sagt – wo die Hütte brennt.«

»Als Erstes die Schülertoiletten«, meldete sich der Hausmeister sofort zu Wort. »Die sind in einem unhaltbaren Zustand!«

»Au ja, das stimmt«, bestätigte Frau Seidler. »Ich würde meinen Kindern verbieten, sie zu benutzen, wenn sie hier Schüler wären. Dort stinkt es ekelhaft, ganz zu schweigen von dem Vandalismus.«

»An manchen Tagen weigern sich die Damen vom Putzgeschwader, dort sauberzumachen«, berichtete Öcek. »Ich brauche immer unendlich lange Zeit, um sie zu überzeugen.«

»Ja, das Problem haben wir an allen Schulen«, kommentierte Reiter und machte sich einige Notizen auf dem bereitgelegten Notizblock. »Ich finde es auch unglaublich, wie unsere Gesellschaft mit dem Hygienebedürfnis ihres Nachwuchses umgeht. Aber andererseits muss man sehen, dass die Verunreinigungen von eben dieser Jugend verursacht werden. Ich werde versuchen, mich des Problems anzunehmen, aber – um ehrlich zu sein – ich sehe nur geringe Erfolgschancen.«

Alarm!

Herbert sah die Enttäuschung in den Gesichtern seiner Mitarbeiterinnen. »Ich werde mein Bestes geben und sofort in den nächsten Tagen Kontakt mit dem Schulträger aufnehmen«, versicherte er. »Welche dringenden Probleme gibt es noch?«, setzte er fort. In dem Augenblick, als Sandra Seidler sich zu Wort meldete, wurde die Gesprächsrunde durch ein lautes Heulen unterbrochen.

»Nicht schon wieder!«, rief Sandra Berger genervt aus. »Feueralarm!«

»Es brennt?«, äußerte Reiter erstaunt.

»Nein, mit Sicherheit nicht«, antwortete Öcek und stand auf. »Wir haben mittlerweile mehrfach pro Woche einen Fehlalarm.«

»So oder so«, sagte Klemens Hoffmann und stand ebenfalls auf, »wir müssen vorsichtshalber das Gebäude verlassen und uns am Sammelpunkt einfinden.«

»Während ich versuchen werde, die Stelle zu finden, an welcher der Feueralarm ausgelöst wurde«, ergänzte Öcek.

»Warten Sie, ich gebe Ihnen meine Handynummer«, bot Reiter dem Hausmeister an, »Dann können Sie mir Bescheid sagen und eventuell Entwarnung ansagen.« Er fischte eine Visitenkarte aus seiner Jackentasche und gab sie Mehmet Öcek mit den Worten »Aber bitte geben Sie die Telefonnummer nicht weiter, sonst habe ich gar keine Ruhe mehr.«

»Wird gemacht, Chef.«

Reiter liebte es, wenn er „Chef“ genannt wurde. Er lächelte und verließ mit seinen Mitarbeitern sein Büro in Richtung Ausgang.

Die Schülerinnen und Schüler wuselten über die Gänge, viele waren sichtlich dankbar für die Abwechslung vom Schulalltag. Andere schauten griesgrämig drein, das waren die Schüler der Ausbildungsklassen, die sich in der Phase der Prüfungsvorbereitung befanden und deshalb für jede Stunde Unterricht dankbar waren.

Auf dem Gang wurde Reiter von der Lehrerratsvorsitzenden Karin Möller eingeholt, die zusammen mit ihrer Klasse „Industriekaufleute“ dem Ausgang zustrebte.

»Das ist der dritte Feueralarm in dieser Woche«, klagte sie. »In der nächsten Woche finden hier bei uns im Haus die IHK-Abschlussprüfungen statt. Wenn es während dieser Zeit einen Fehlalarm gibt, dann haben wir ein schlimmes Problem.«

»Dann sollen die Prüflinge doch einfach im Prüfungsraum bleiben«, antwortete Reiter vorschnell und unüberlegt.

Die Lehrerratsvorsitzende sah ihn vorwurfsvoll an. »Herr Reiter, das geht gar nicht. Dann würden wir gewaltigen Ärger bekommen.«

»Ach ja«, lenkte Reiter ein, »stimmt ja. Brandschutz und Personenschutz und so. Entschuldigung!«

»Vielleicht lassen Sie sich einmal etwas einfallen, um den Täter dingfest zu machen«, schlug Karin Möller vor. »Sozusagen das Problem an der Wurzel packen. Das wäre die beste Lösung. Ich glaube nämlich, dass es immer der gleiche Übeltäter ist, weil die Alarme immer im gleichen Gebäudeteil zwischen der fünften und der sechsten Unterrichtsstunde ausgelöst wurden. Immer nur dann übrigens, wenn das Wetter schön ist. Der Täter möchte wohl nicht nass werden, wenn alle bei Regen aus dem Gebäude herausmüssen.«

»Das mag sein«, griff Reiter ihren Vorschlag auf, »aber es wird nicht möglich sein, alle Feuermelder während der Unterrichtszeit zu bewachen.«

»Wie wäre es mit Überwachungskameras?«, schlug die Lehrerratsvorsitzende vor.

»Absolutes No-Go«, reagierte Reiter sofort. »Wenn wir Kameras installieren würden, dann könnten wir unsere Namen sofort am nächsten Tag in Großbuchstaben auf den Titelseiten der Presse lesen. Das gäbe einen Sturm der Entrüstung der Datenschützer und der Helikoptereltern.«

Inzwischen hatten Sie den Sammelpunkt erreicht. Die Raucher – sowohl in der Lehrer-, als auch in der Schülerschaft – waren dankbar für die unverhoffte Rauchpause und hüllten den gekennzeichneten Bereich in bläuliche Wolken. Die Lehrer und Lehrerinnen versuchten, ihre Gruppen zusammenzuhalten, um deren Vollständigkeit zu überprüfen.

Reiter gesellte sich zu einer Gruppe Schüler, die mit ihrer Lehrerin Frau Schindler etwas abseits stand.
»Wir kennen uns ja schon«, begrüßte Reiter seine Kollegin versöhnlich. »Es tut mir leid, dass ich Sie direkt an meinem ersten Tag auf diese Weise kennenlernen musste.« Er spielte damit auf das „Verhör" wegen der Beschädigung des Wagens des Dezernenten an.
»Schon vergessen«, antwortete die Lehrerin. »Es war ja nicht ganz grundlos.«
Reiter wurde von den Schülern – größtenteils junge Männer mit Migrationshintergrund – neugierig gemustert.
»Welche Klasse haben Sie hier?«, wollte Reiter von seiner Kollegin wissen.
»Das ist eine Integrationsklasse«, berichtete sie. »Jugendliche, die erst seit kurzer Zeit in Deutschland sind. 21 Schüler aus 12 verschiedenen Ländern.«
»Eine anspruchsvolle Aufgabe!«, sagte Reiter, der aus seiner Lehrerzeit an reine Ausbildungsklassen aus dem dualen System gewöhnt war. »Ich weiß nicht, ob ich das könnte!«

Einer der älteren Jungs aus der Klasse ging auf Reiter zu. »Wer sind Sie denn?«, fragte er ohne Scheu. »Isch habe Sie hier noch nie gesehen.« Sein Akzent war deutlich türkisch gefärbt.

Reiter lächelte ihn freundlich an. »Ich bin der neue Schulleiter«, erklärte er. »Aber erst seit drei Tagen.«

»Boa, Tsüüüss«, rief der Schüler aus und wandte sich zu seinen Mitschülern, die inzwischen ebenfalls nähergekommen waren. »Der alte Mann is Schulleiter!«

»Boa«, bestätigten seine Mitschüler, um zu zeigen, dass sie verstanden hatten.

»Schuldirektor ist bei uns in Türkei is Müdür, aber bei uns in Türkei sag'n wir lieber Baba zu Schulleiter«, sagte der junge Mann. »Aber Sie sind so mehr büyükbaba, schuldigung.«

Reiter schaute ihn verständnislos an. »Was heißt das?«, wollte er wissen.

»Baba ist wie Vater«, antwortete der Junge, »und büyükbaba is so mehr wie … Opa.«

»Oh, danke« reagierte Reiter ironisch. »Sehr freundlich.«

»Warum sind Sie noch nicht Rente?«, setzte der Schüler etwas distanzlos fort. Reiter wusste, dass es nicht böse gemeint war – der junge Mann war einfach nur neugierig.

»Ich war schon in Pension«, antwortete er deshalb wahrheitsgemäß. »Ich bin als Schulleiter reaktiviert worden.« Er war sich nicht ganz sicher, ob der Schüler mit dem Wort „reaktiviert" etwas anfangen konnte.

»Sie meinen so wie John Wick in Film?«, hakte der Schüler nach. »Der war auch in Rente und is dann wieder Killer geworden.«

»Ja, so ähnlich.« bestätigte Reiter, der die Filmreihe mit Keanu Reeves in der Hauptrolle kannte. »Nur ohne Hund, ohne Killer und ohne 100 Tote pro Folge.«

»Oh, dann sind Sie also Emekli Müdür oder Emekli büyükbaba«, schloss der junge Mann messerscharf.

»Was heißt das jetzt?«, wollte Reiter wissen. Er wunderte sich, dass er von dem Schüler nicht – wie durchaus üblich – geduzt wurde.

»Emekli is Rentner«, erklärte sein Gesprächspartner, »und büyükbaba wissen Sie ja schon – is Opa-Schulleiter.«

»Wenn wir das mit dem Opa weglassen, dann bin ich einverstanden«, sagte Reiter.

»Ah, is gut«, rief der Schüler freudig aus. »Emekli Baba! Sie sind Emekli Baba!«

Er wandte sich erneut zu seinen Mitschülern um: »Das is Emekli Baba«, rief er aus und deutete dabei auf Reiter. Herbert dachte »Na gut, damit kann ich leben« und lächelte die Klasse an.

Sein Handy vibrierte. Er nahm das Gespräch an, es war der Hausmeister Öcek.

»Natürlich, Fehlalarm«, hörte er ihn sagen. »Ein Feuermelder im Untergeschoss wurde eingeschlagen. Wie bei den letzten Malen auch. Sie können Entwarnung geben.«

»Danke, ist gut«, entgegnete Reiter und verständigte sein Kollegium durch Handzeichen. Der Alarmton war inzwischen verstummt.

Langsam trollten sich Schüler und Lehrer wieder ins Gebäude, um den Unterricht fortzusetzen.

»Ich denke, wir setzen die Dienstbesprechung der Verwaltung in den nächsten Tagen fort«, sagte Reiter zu seinen Mitarbeitern in der Verwaltung.

Zu fünft räumten sie die Reste des Frühstücks ab und gingen zurück an ihre Arbeitsplätze.

Reiter ergänzte auf seinem Notizblock „Feueralarme" und machte sich daran, endlich die noch nicht bearbeiteten Mails auf seinem Computer zu bearbeiten.

Doppelkopf

»Heute Abend kommen Horst und Beate«, begrüßte Angelika ihren Mann, als er nach Hause kam. »Unser Doppelkopfabend«.

»Das hätte ich beinahe vergessen«, antwortete Reiter. Herbert Reiter und Angelika hatten ein gutes Verhältnis zu seinem Bruder und seiner Frau – sie waren sogar schon einige Male zusammen in den Urlaub gefahren. Sie trafen sich in unregelmäßigen Abständen, um gemeinsam Doppelkopf zu spielen. Anschließend griffen die Männer an ihren Gitarren in die Saiten, um ein wenig miteinander zu musizieren. Ihre Frauen waren beide im offenen Ganztag an Grundschulen teilzeitbeschäftigt; sie tauschten gerne Anregungen für die Gruppenarbeiten miteinander aus, während die Männer Gitarre spielten.

»Herbert, so richtig bist du nicht dabei«, tadelte Horst, nachdem sich Herbert erneut verspielt hatte. »Schon beim Doppelkopf hast du mehrfach falsch bedient, was ich von dir gar nicht kenne. Was ist los mit dir?«

»Tut mir leid, aber ich bin mit meinen Gedanken noch halb in der Schule«, entschuldigte sich Herbert und legte seine Gitarre beiseite. »Es ist besser, wir lassen es für heute bleiben.«

»Schade«, bedauerte sein Bruder, der besonders viel geübt hatte, um seinen älteren Bruder beim Spielen zu übertrumpfen. Er legte seine Gitarre ebenfalls beiseite. »Was gibt's denn Nachdenkenswertes?«, wollte er wissen,

Herbert erzählte ihm von den Vorfällen an der Schule. Der Fall „Sachbeschädigung am Dezernentenauto" konnte zügig mit Horsts Hilfe gelöst werden. Aber diese Feueralarme machten ihm Sorgen, insbesondere im Hinblick auf die anstehenden Abschlussprüfungen der Industrie- und Handelskammer IHK.

»Das schlimme ist, dass der Täter praktisch nicht zu stellen ist. Es dauert ja nur wenige Sekunden, um den Alarm auszulösen. Ein unbeobachteter Augenblick reicht aus.«

»Ja, das kenne ich zur Genüge«, bestätigte Kriminalkommissar Horst Reiter. »Das ist mein tägliches Geschäft; oft genug ist es mein Job, ein sekundenlanges Fehlverhalten in ein jahrelanges Büßen umzuwandeln.«

»So weit würde ich jetzt nicht gehen wollen«, gab Herbert grinsend zurück. »Mir würde es reichen, diesen sozialen Vandalismus abzuschalten.«

»Sozialer Vandalismus«, echote sein Bruder grinsend. »So etwas kann nur ein Lehrer sagen.« Er erhob sich von seinem Stuhl und packte die Gitarre in den Koffer. »Vielleicht habe ich etwas für dich«, sagte er ächzend.

»Rücken?«, wollte Herbert wissen.

»Ja, und Knie! Schlimm«, stöhnte Horst

»Bei mir auch. Man merkt, dass wir Brüder sind!«, sagte Herbert. »Aber was hast du denn für mich?«

»Warte, ich laufe einmal eben zu uns herüber und bringe dir etwas, was vielleicht weiterhelfen wird«, antwortete sein Bruder geheimnisvoll.

Horst und Beate wohnten in fußläufiger Entfernung von Herbert und Angelika. Das hatte auch den Vorteil, dass sie bei den Spieletreffen nicht auf Alkohol verzichten mussten, obwohl die beiden Brüder mit zunehmendem Alter in dieser Hinsicht schon sehr zurückhaltend geworden waren.

Keine zehn Minuten später kam Horst mit einer Jutetasche am Arm zurück. Die beiden Ehefrauen saßen noch zusammen im Wohnzimmer und erfreuten sich an einer Flasche Bordeaux.

»Komm, Herbert«, sagte Horst, »ich zeige dir, wie man's verwendet.«

Schutzmaßnahmen

»Bitte rufen Sie doch einmal den Herrn Öcek zu mir«, bat Reiter, nachdem er am nächsten Morgen um neun Uhr seine Sekretärin begrüßt hatte.

Erneut hatte er nicht erholsam geschlafen und war – entgegen seiner ursprünglichen Absichten – früh zur Schule gefahren.

Wenige Minuten später klopfte der Hausmeister an Reiters Tür. »Was kann ich für Sie tun?«, wollte er wissen.

»Guten Morgen, Herr Öcek«, sagte Reiter. »Zeigen Sie mir doch bitte einmal die Feuermelder, die in den letzten Tagen ausgelöst wurden.«

»Oh, da müssen wir ein gutes Stück laufen«, entgegnete Öcek. »Die sind sämtlich am anderen Ende des Gebäudes im Keller. Es sind einige Treppen dazwischen«, ergänzte er mit einem Blick auf Reiters Beine.

»Das macht nichts«, spielte Reiter herunter. »Gehen wir!«

Es war tatsächlich ein weiter Weg in dem weitläufigen Schulgebäude. »Hier«, sagte Öcek und blieb an einem

Feuermelder stehen, »der hier ist schon drei Mal ausgelöst worden. Und da hinten ist ein weiterer, der auch schon mehrfach ausgelöst wurde.«

Reiter betrachtete die Melder eingehend. Es waren rote Druckknöpfe, die durch eine dünne Glasscheibe gegen versehentliche Auslösung geschützt waren. Zum Auslösen musste die Glasscheibe eingeschlagen werden, erst dann gelangte man an den Druckknopf.

»Kann man die Scheibe ohne Beschädigung abnehmen?«, wollte er wissen.

»Ja, das geht, ich habe einen Spezialschlüssel«, bestätigte der Hausmeister. »Damit kann ich die Scheiben auch austauschen, wenn sie eingeschlagen wurden.«

»Na, dann machen Sie bitte einmal auf«, bat Reiter geheimnisvoll.

»Und die anderen hier in der Nähe auch.«

Kaum eine halbe Stunde später saß Reiter wieder an seinem Schreibtisch. Endlich kam er dazu, die in den letzten Tagen eingetroffenen Dokumente zumindest zu sichten. Er war froh, über einige Erfahrung als Schulleiter zu verfügen und daher recht schnell einordnen zu können, was wichtig war und was nicht.

Die Schreiben aus dem Bildungsministerium ordnete er erst einmal dem Stapel „Später erledigen" zu.

Zwischendurch warf er immer wieder einmal einen Blick aus dem Fenster. Es war ein sonniger, angenehmer Frühlingstag, »Bestes Wetter für einen Fehlalarm«, dachte er und erinnerte sich an die Worte der Lehrerratsvorsitzenden. »Warten wir die sechste Unterrichtsstunde ab.«

Neuer Alarm

Der Feueralarm kam wie auf Bestellung. Pünktlich um 12 Uhr gingen die Sirenen los und es erfolgte das gleiche Prozedere wie am Vortag. Herbert Reiter gesellte sich erneut zu den rauchenden und wartenden Schülern, die sich auf dem Sammelplatz angeregt unterhielten.

»Hallo Emekli Baba!«, strahlte ihn der türkische Schüler, den er gestern kennengelernt hatte, an. »Is gutes Wetter heute.«

Herbert winkte freundlich zu ihm hinüber, war aber mit seinen Gedanken ganz woanders.

Nach zehn Minuten wurde der Alarm wieder aufgehoben und sowohl Schüler als auch Lehrer trollten sich wieder zurück ins Gebäude, um zu versuchen, den geregelten Unterricht weiterzuführen.

»Die Konzentration von Schülern und Lehrern ist weg«, dachte Reiter, als er zu seinem Büro ging. »Eigentlich fällt durch einen Fehlalarm eine ganze Unterrichtsstunde aus.«

»Bitten Sie noch einmal Herrn Öcek zu mir«, sagte er zu Sandra Berger.

Nach wenigen Minuten stand Mehmet Öcek vor Reiters Büro.

»Kommen Sie«, sagte Reiter, »wir probieren einmal etwas aus.«

Er nahm einen Gegenstand, der aussah wie eine Taschenlampe von seinem Schreibtisch. »Wo wurde der Alarm denn ausgelöst?«, wollte er wissen.

»Dort, wo ich's Ihnen gestern gezeigt habe«, antwortete der Hausmeister.

»Na, dann machen wir uns noch einmal auf den weiten Weg!«, schlug Reiter vor und schloss die Bürotür hinter sich.

Am Tatort angekommen begutachtete er den Schaden. Eine neue Glasscheibe war noch nicht eingesetzt und der Alarmknopf war offen zugänglich. Reiter betrachtete ihn genauer. »Das müsste etwas geworden sein«, murmelte er laut genug, dass Öcek es hören konnte. »Der Fingerabdruck ist gut zu sehen.«

»Wollen Sie jetzt etwa von 1500 Schülern die Fingerabdrücke abgleichen?«, fragte Öcek entgeistert.

»Nein, nein«, beruhigte ihn Reiter. »Ich mache Top-moderne Kriminalistik, nur vom Feinsten, vom *Aller*feinsten!«

Triumphierend hob er den Gegenstand, den er aus seinem Büro mitgenommen hatte, hoch. Es war tatsächlich eine – allerdings spezielle – Taschenlampe.

»Eine Ultraviolettlampe«, sagte er stolz. »Ich habe diesen und andere Knöpfe in den Feuermeldern mit einer unsichtbaren Farbe versehen, die an den Fingern hängen bleibt, sich nicht entfernen lässt und die bei der Bestrahlung mit einer UV-Lampe aufleuchtet.« Um dies zu demonstrieren, leuchtete er mit der Lampe auf den Druckknopf, der tatsächlich hell aufleuchtete.

»Genial, Chef«, sagte Öcek, der die Idee sofort verstanden hatte.

»Der Mann punktet bei mir«, dachte Reiter.

»Mein Bruder ist bei der Kriminalpolizei«, erklärte Reiter seinem Hausmeister. »Dort wird die Farbe auch benutzt. Die Substanz ist übrigens vollkommen unschädlich, selbst dann, wenn der Täter die ganze Zeit an seinem Finger lutscht. Allerdings bekommt er sie nicht weg – die Farbe löst sich erst nach ein paar Tagen.«

Mehmet Öcek nickte respektvoll. »Genial«, wiederholte er. »Mega-Genial.«

»So, und nun gehen wir einmal durch die Klassenräume in der Umgebung und strahlen die Schüler an. Aber nicht mit unserem Gesicht, sondern mit der Lampe.«

Gemeinsam gingen die beiden zu den umliegenden Klassenräumen. Reiter stellte sich jeweils kurz vor und bat die anwesenden Schülerinnen und Schüler, beide Hände in die Luft zu strecken. Dann ging er mit der Lampe durch die Reihen und strahlte die Fingerspitzen kurz an.

Schon im dritten Klassenraum wurden sie fündig. Bei einem Schüler leuchtete die Fingerspitze hell auf, als Reiter seine Lampe darauf hielt. Es war ausgerechnet der türkische Schüler, mit dem er sich gestern so nett unterhalten und der ihm den Spitznamen „Emekli Baba" verpasst hatte.

»Hab' dich«, sagte Reiter mit einer Mischung aus Triumph und Bedauern. »Das wird leider Folgen haben für dich«, ergänzte er.

Der Schüler sah ihn schuldbewusst an. »War nicht bös' gemeint, Baba«, sagte er. »Isch tu auch nich wieder«.

»Davon gehe ich aus«, sagte Reiter streng, »aber an einer Teilkonferenz kommst du nicht vorbei. Auch wenn es nicht böse gemeint war: Das *Ergebnis war* böse. Wie heißt du?«

»Mustafa Karadeniz«, antwortete der Schüler leise.

»Du bekommst eine Einladung zur Teilkonferenz«, sagte Reiter.

»Was ist Teilkonferenz?« wollte Mustafa wissen.

Reiter wandte sich an alle Schüler der Klasse, die das Geschehen mit einer Mischung aus Neugier und Erstaunen beobachtet hatten. Insgeheim wunderte Reiter sich, dass kein Handy zur filmischen Dokumentation des Gesprächs hochgehalten wurde, um das alles nachher in den sozialen Medien zu posten.

»Eine Teilkonferenz an einer Schule entscheidet über Ordnungsmaßnahmen, die verhängt werden, wenn Schüler sich falsch verhalten haben«, erklärte er der Klasse. »Sie besteht aus drei Lehrervertretern, Klassenleitung, Schülervertreter, Elternvertreter und einem Vertreter der Schulleitung.«

»Ist wie Gerischt, oder?«, wollte ein Schüler der Klasse wissen.

»Ja, das kann man so sehen«, bestätigte Reiter. »So eine Art Schöffengericht.« Er merkte, dass er mit diesem Wort eher Verwirrung bei dem offensichtlich nur „Kurzdeutsch“ sprechenden Schüler stiftete. »Ja, also Gericht ist schon richtig«, nahm er seinen letzten Satz wieder zurück.

»Boa, Tsüüüss«, staunte der Schüler, der gefragt hatte.

»Die Einladung zur Teilkonferenz bekommst du schriftlich«, sagte er noch zu Mustafa, bevor er zusammen mit Öcek den Raum verließ. »Und komm' bloß nicht auf die Idee, nicht zu kommen, das macht es dann nur schlimmer.«

»Das war wirklich klasse, Chef«, sagte Öcek auf dem Gang.

»Hoffentlich haben wir jetzt unsere Ruhe«, antwortete Reiter. »Besonders im Hinblick auf die Prüfungswoche.«

Auf dem Weg zu seinem Büro kam er am Schülersekretariat vorbei. Er klopfte an und ging hinein. Pia Seidler, die Schülersekretärin, arbeitete am Computer die Mahnschreiben wegen unentschuldigter Fehlzeiten ab.

»Hallo Frau Seidler«, grüßte er. »Können Sie mir einmal den Schülerpersonalbogen von Mustafa Karadeniz heraussuchen?«

Nach wenigen Mausklicks von Frau Seidler kam der Bogen aus dem Drucker.

»Hat er etwas angestellt?«, wollte sie wissen.

»Ja, er war derjenige, der die Fehlalarme ausgelöst hat«, antwortete Reiter. »Zumindest den letzten Alarm können wir ihm nachweisen. Kennen Sie ihn?«

»Ich habe Ihnen doch gestern gesagt, dass ich alle Schülerinnen und Schüler kenne«, entgegnete sie mit gekünstelt beleidigtem Unterton.

»Ach, das ist doch so ein netter Kerl«, bedauerte sie. »Der ist immer lustig, offen, grüßt auf dem Gang – ein richtig netter Junge.«

»Ja, das dachte ich zuerst auch«, bestätigte Reiter. »Vielleicht ist er es ja auch und es war nur eine altersbedingte Fehlfunktion seines Frontallappens im Gehirn, des dorsolateralen präfrontalen Kortex.«

Pia Seidler sah ihn fragend an.

»Da sitzt das Zentrum für Vernunft, Ethik und Moral im Gehirn«, erklärte Reiter. »Das entwickelt sich bei Jungs erst später voll aus als bei Mädchen, manchmal erst in der Mitte der zwanziger Lebensjahre.«

»Ach, das wusste ich auch noch nicht«, sagte Frau Seidler erstaunt.«

»Und diese Spätentwicklung ist der Grund dafür, dass fast nur Jungs straffällig werden oder Straßenrennen veranstalten oder Prügeleien haben oder eben Fehlalarme auslösen. Und vieles mehr«, erklärte er weiter. »Oder haben Sie schon einmal davon gehört, dass Mädchen mit röhrenden Motoren um den Häuserblock fahren und die Nachbarschaft durch die Kickstarts ihrer wummernden rollenden Diskotheken nerven?«, ergänzte er augenzwinkernd.

»Da haben Sie recht«, sagte Pia Seidler.

»Deshalb bin ich auch froh, zwei Töchter zu haben«, erklärte Reiter grinsend.

»Die habe ich auch«, antwortete Frau Seidler. »Aber da hat man ganz andere Probleme.«

»Das stimmt allerdings!«, sagte er mit einem Kopfnicken.

»Nun, es ist wie es ist«, setzte er fort, »Spätentwicklung schützt vor Strafe nicht. Schicken Sie dem Jung' eine Einladung zur Teilkonferenz am nächsten Montag. Begründung „Störung des Schulfriedens". Und verständigen Sie alle Mitglieder der Konferenz mit der Bitte um Teilnahme.«

»Wird gemacht«, sagte Frau Seidler. »So etwas kommt öfter vor, deshalb haben wir fertige Formulare dafür. Aber: muss da nicht eine Ladungsfrist eingehalten werden? Dann wäre eine Teilkonferenz erst am Montag in einer Woche anzusetzen.«

»Wie heißt es so schön: *Kleine Sünden bestraft der liebe Gott sofort, die großen Sünden später*«, antwortete Reiter grinsend. »Es ist aus meiner Sicht besser, ihn zeitnah zur Rechenschaft zu ziehen. In zwei Wochen ist das alles ja schon wieder fast vergessen. Ich denke nicht, dass Mustafa von der Schule fliegen wird, also wird sich auch niemand beschweren, denn Wo …«

»… kein Richter, da ist auch kein Henker«, vervollständigte Frau Seidler den Satz.

»Nur der Form halber«, ergänzte Reiter lachend, »ich möchte mich weder mit Gott noch mit einem Henker auf eine Stufe stellen.«

Die Teilkonferenz

Herbert Reiter eröffnete förmlich die Teilkonferenz, nachdem sich alle Mitglieder bei ihm im Büro am Konferenztisch versammelt hatten. Der „Angeklagte" Mustafa Karadeniz wurde angewiesen, auf dem Gang zu warten, bis er hereingerufen würde.

»Guten Tag, liebe Mitglieder der Teilkonferenz, die formell richtig „Teilkonferenz der Lehrerkonferenz" heißt. Dem Schulgesetz zufolge haben wir darüber zu entscheiden, welche Ordnungs- oder Strafmaßnahmen gegen Schülerinnen oder Schüler verhängt werden, die gegen die Schulordnung verstoßen haben.«

Er lehnte sich in seinem Stuhl am Konferenztisch zurück. »Soweit der formelle Teil«, sagte er. »Aber ich bin neu hier im Kollegium und würde Sie gerne vorher kurz kennenlernen, denn höchstwahrscheinlich werden wir uns noch öfter hier treffen müssen.«

Er sah fragend in die Runde.

»Gut, dann fange ich mal an«, sagte ein Kollege, etwa Mitte fünfzig, wie Reiter schätzte. »Mein Name ist Udo Kampmann, Lehrer für Englisch und Politik. Ich wurde – wie meine Kolleginnen auch – von der Lehrerkonferenz als Lehrervertreter gewählt.«

»Mein Name ist Melanie Neumann«, übernahm seine Nachbarin. »Lehrerin für Wirtschaftswissenschaften und das Fach Deutsch.«

»Ich bin Esra Karacas«, Lehrerin für Metalltechnik und Chemie«, stellte sich die dritte Lehrkraft vor.

Herbert wandte sich zu den beiden anderen anwesenden Personen. »Mein Name ist Gündül Üner«, sagte die kleine Frau, die Reiter gegenübersaß. »Ich bin die Elternvertreterin. Ich habe drei Kinder an dieser Schule.«

»Und ich bin Bianca Ioannis, Schülervertreterin. Ich gehe in die Fachoberschule für Wirtschaftswissenschaften«, beendete die Schülervertreterin die kurze Vorstellungsrunde.

Reiter bedankte sich, stellte sich selbst kurz vor und stellte dann den zu verhandelnden Fall dar. Im Anschluss daran wurde Mustafa Karadeniz in das Schulleitungsbüro gerufen.

Er zeigte sich sehr reumütig.

»Warum machst du so'n Quatsch?«, wollte Kampmann wissen.

»Ich weiß auch nich'«, antwortete der geknickte Schüler, »hat irgendwie Spaß gemacht.«

Reiter dachte noch einmal an den präfrontalen Kortex. »Der ist bei dem Jung' noch auf Erbsengröße«, dachte er und lächelte in sich hinein.

Dann aber hatte die Elternvertreterin, Frau Üner, selbst Türkin, ihren großen Auftritt. Sie faltete den Delinquenten, der zusehends tiefer in seinen Stuhl rutschte, nach allen Regeln der Kunst förmlich zusammen. Sie beschimpfte ihn, sagte, dass sich seine Eltern und seine ganze Familie für ihn schämen müssten und vieles mehr. Alles auf Deutsch.

»Man merkt, dass Sie drei Kinder haben«, bemerkte Reiter, nachdem Frau Üner ihre eindrucksvolle Tirade beendet hatte.

»Falsch«, gab sie zurück, »drei sind hier auf der Schule, zwei Jungs und ein Mädchen. Zwei meiner Jungs sind auf dem Gymnasium, die beiden Kleinen sind noch in der Grundschule.

»Sieben Kinder«, rechnete Reiter nach. »Respekt, Respekt!«

»Ja, und alle sollen etwas werden, die sind nicht so wie der da«, antwortete sie mit verächtlichem Blick auf Mustafa.

»Nun, geben wir die Hoffnung bei Mustafa einmal auch nicht auf«, reagierte Reiter. »Noch hat er ja die Chance, sein Verhalten zu ändern.«

Nach der Vernehmung wurde Mustafa Karadeniz aus dem Raum entlassen.

Die Verhandlung über die zu ergreifende Ordnungsmaßnahme ging recht schnell. Man war sich einig, dass Mustafa deutlich Reue gezeigt hatte und eine Fortsetzung seiner Störungen nicht zu erwarten war. Die

Teilkonferenz einigte sich darauf, dass Mustafa zur Strafe vier Schulwochen lang nach Schulschluss den Schulhof und das Schulumfeld von weggeworfenem Papier, Zigarettenkippen und so weiter zu reinigen habe. Zusätzlich erhielt er einen schriftlichen Verweis, was im Berufsleben außerhalb der Schule einer Abmahnung gleichkommt.

»Ich werde dich beobachten«, sagte Reiter, nachdem der das Urteil verkündet hatte. Dabei spreizte er Zeige- und Mittelfinger seiner rechten Hand v-förmig, führte sie zu seinen Augen und richtete sie dann auf Mustafa und dann wieder zurück.

»Is' gut, versteh' ich, Emekli Baba«, sagte Mustafa, sichtlich froh, so glimpflich davongekommen zu sein.

Doc Holiday

Den Anlass für den weitaus größten Anteil an Beratungen über Ordnungsmaßnahmen, die von der Teilkonferenz durchgeführt wurden, boten unentschuldigte Fehlzeiten der Schülerinnen und Schüler. Es gab, wie Frau Seidler berichtete, viele Schüler, die bestenfalls in der ersten Schulwoche zum Unterricht erschienen und von da an unentschuldigt fehlten. Sie machten sich nicht einmal die Mühe, die Klassenleitungen zu informieren – sie kamen einfach nicht.

Für die Klassenleitungen war das ein großer Verwaltungsaufwand. Fehlzeiten mussten dokumentiert, Mahnungsbriefe verschickt und Ordnungsmaßnahmen eingeleitet werden. »Diese Schüler machen viel mehr Arbeit, als diejenigen, die regelmäßig erscheinen«, bemerkte Pia Seidler dazu.

Letztendlich wurden die Absentisten zur Teilkonferenz eingeladen – und vielfach erschienen sie selbst dazu nicht. Die Ordnungsmaßnahmen wurden in diesen Fällen auf Basis der Aktenlage verhängt. Zuerst in Form eines schriftlichen Verweises. Die zweite Stufe war die Androhung der Entlassung aus dem Bildungsgang, die dritte Stufe war die Entlassung aus dem Bildungsgang. Bis dahin war – bedingt durch die Einhaltung verschiedener Fristen – das erste Schulhalbjahr schon vorbei. Bis zu diesem Zeitpunkt waren aber auch Bezüge wie Kindergeld weiter an die Eltern geflossen, die sich ansonsten ebenfalls nicht weiter von den diversen Mahnschreiben des GKBK beeindrucken ließen.

»Wer ist der nächste?«, fragte Reiter in der Teilkonferenz.

Udo Kampmann blätterte in seinen Unterlagen. »Justin Schröder«, las er vor. »Fehlt immer wieder unentschuldigt, mittlerweile wieder mehr als 150 unentschuldigte Fehlstunden ohne Attest. Trotz bereits erfolgter schriftlicher Abmahnung.«

»Das klingt nach einer Androhung der Entlassung«, kommentierte die Elternvertreterin Frau Üner. »Ich kann nicht verstehen, wie Eltern so etwas zulassen können.«

»Justin ist volljährig«, erklärte Kampmann.

»Das wäre mir als Mutter vollkommen egal«, entgegnete Frau Üner. »Ich würde meine Kinder zur Not täglich selbst zur Schule bringen. Aber die kämen gar nicht auf die Idee.«

»Leider erziehen nicht alle Eltern ihre Kinder so gut wie Sie«, seufzte Reiter. »Ich schau' einmal, ob der Schüler da ist.«

Tatsächlich hatte Justin sich eingefunden. Die Teilkonferenz bot ihm die Möglichkeit, Gründe für seine unentschuldigten Fehlstunden anzugeben. Reiter und seine Kollegen hatten schon oft von schlimmen Schülerschicksalen hören müssen, etwa, dass diese in einem schwierigen familiären Umfeld einfach überfordert waren. Solche Umstände wurden bei der Entscheidungsfindung berücksichtigt, im Notfall wurden Sozialarbeiter eingeschaltet.

Bei Justin lag der Fall jedoch anders.

»Ich habe Schwierigkeiten mit dem Aufstehen morgens«, sagte er grinsend.

»Kein Wunder, wenn Sie bis mitten in der Nacht vor dem Computer sitzen und daddeln«, bemerkte Kampmann, der den Schüler aus dem Unterricht kannte.

»Sie könnten ja dann wenigstens später kommen«, meinte Frau Üner.

»Nöö, dann habe ich keine Lust mehr«, betonte Justin. »Ab und zu habe ich auch Kopfschmerzen«, fügte er wichtig hinzu. »Migräne.«

»Krankheiten kannst du doch durch ärztliche Atteste belegen«, versuchte die Schülervertreterin Bianca Ioanidis eine Brücke zu bauen.

»Dann muss ich doch zum Arzt gehen«, antwortete Justin gelangweilt. »Aber wenn's hilft, dann kann ich ja einmal bei Doc Holiday anrufen und mir Atteste besorgen.«

Reiter beugte sich am Tisch vor. »Doc, wer?«, wollte er wissen.

»Ach, so heißt der gar nicht«, klärte Justin ihn auf. »Aber alle nennen ihn Doc Holiday.«

Reiter ließ das erst einmal so stehen. Justin wurde nach kurzer Beratung die Androhung der Entlassung ausgesprochen, zusätzlich erhielt er eine Attestpflicht für Krankheitsfälle.

»Sie kennen Doc Holiday nicht?«, fragte Kampmann seinen Chef Reiter, als die Teilkonferenzen beendet waren.

»Nein, der ist mir unbekannt. Ich wohne ja, wie Sie wissen, in Oberhausen.«

»Das ist ein Arzt namens Doktor Schwarz mit einer Praxis hier in Duisburg«, erklärte Kampmann.

»Und warum nennt man ihn Doc Holiday?«, hakte Reiter nach.

»Holiday wie Ferien«, erklärte Kampmann. »Der Arzt verteilt Atteste wie andere Leute Smarties an ihre Freunde. So, wie mir von Schülern berichtet wurde, hat der Mann eine Art Fenster in seiner Praxis. Man geht dorthin, er fragt „Wie lange?" und stellt dann das Attest wunschgemäß aus.«

»Ohne Untersuchung?« Herbert Reiter war fassungslos.

»Ja, einfach so«, antwortete Kampmann. »Was meinen Sie, was der in der Coronazeit gut zu tun hatte?«

»Den nehme ich mir einmal vor«, sagte Reiter grimmig. »Wie war noch einmal der Name?«

»Doktor Schwarz«, wiederholte Kampmann. »Sie finden ihn sicher im Telefonbuch.«

Zehn Minuten später hatte Reiter die Verbindung zur Praxis hergestellt. »Guten Tag, Reiter mein Name. Ich bin Schulleiter am GKBK«, sagte er zur Sprechstundenhilfe. »Ich möchte gerne Herrn Doktor Schwarz sprechen.«

»Ja, Schwarz hier«, meldete sich der Arzt am Telefon. »Was wollen Sie von mir?«

»Herr Doktor Schwarz«, begann Reiter ohne Umschweife, »mir wurde zugetragen, dass Sie bei der Vergabe von Attesten an unsere Schüler sehr freigiebig sind. Ist das richtig?«

»Nein«, log der Arzt. »Ich stelle Atteste nur dann aus, wenn sie erforderlich sind.«

»Mir liegen da vollkommen andere Informationen vor«, beharrte Reiter und gab wieder, was Kampmann ihm berichtet hatte.

Doktor Schwarz hörte schweigend zu.

»Sind Sie fertig?«, fragte er gereizt, nachdem Reiter geendet hatte. »Dann sage ich Ihnen jetzt einmal Folgendes: Ich unterliege der ärztlichen Schweigepflicht. Niemand, nicht einmal ein seine Kompetenzen überschreitender Schuldirektor, hat mir dreinzureden.«

»Sie wissen, welches schlechte Vorbild Sie für unsere Schüler sind?«, beharrte Reiter. »Sie decken deren Fehlverhalten und machen uns die Erziehungsarbeit schwer. Wie um alles in der Welt sollen denn aus unseren Schülern verantwortungsvolle Mitglieder unserer Gesellschaft werden, wenn Sie als Arzt so unverantwortlich handeln? Die lachen sich über uns doch kaputt.«

»Das ist doch Ihr Problem!«, schnaubte Schwarz nach kurzem Schweigen am anderen Ende der Leitung, »Was ich aber weiß, ist, dass Sie mich kreuzweise können.« Damit legte er grußlos auf.

»Abwarten«, sagte Reiter zu Kampmann, »in diesem Fall ist das letzte Wort noch nicht gesprochen!«

Das war es tatsächlich nicht. Drei Tage später bekam Reiter einen formellen Brief von der Ärztekammer, in dem ihm gedroht wurde, die Bezirksregierung sowie das Ministerium über seine „abstrusen Anschuldigungen" sowie seinen Eingriff in die ärztliche Freiheit zu informieren.

»Wenn ich nicht wie Don Quijote im Kampf gegen die Windmühlen enden will«, sagte Reiter zu Kampmann, »dann mache ich jetzt erst einmal den Deckel drauf. Es ist sinnlos, sich mit allen zugleich auf einen Kampf einzulassen, der nicht zu gewinnen ist.«

»Vielleicht hat es ja schon etwas geholfen, dass Doc Holiday gesehen hat, dass wir auf ihn aufmerksam geworden sind. Vielleicht wird er vorsichtiger«, erwiderte Kampmann.

»Das mag sein«, sagte Reiter nachdenklich, »aber so wirklich glaube ich nicht daran.«

Er blätterte noch einmal seine Unterlagen durch.

»Wir können aber versuchen, ihn ein bisschen zu ärgern«, schloss er das Gespräch. »Sagen Sie einfach bitte allen Schülerinnen und Schülern, dass wir Atteste von Doktor Schwarz nicht anerkennen. Das ist sicher nicht rechtlich abgesichert, aber lassen wir es einfach darauf ankommen.«

Kampmann nickte zustimmend. »Okay, wir können das versuchen.«

»Genau!«, nickte Reiter, »Lassen wir es darauf ankommen. Aber bitte: Nur mündliche Mitteilungen, geben Sie nichts schriftlich heraus, womit man uns festnageln könnte.«

Innerhalb kürzester Zeit kamen tatsächlich keine Atteste aus der Praxis von Dr. Schwarz mehr zum GKBK. Dafür wuchs jedoch die Zahl von Attesten aus einer anderen ärztlichen Praxis stark an. Offensichtlich hatten die Schüler eine für sie brauchbare Alternative gefunden.

»So ist das mit den Windmühlen«, sagte Reiter nachdenklich zu Kampmann. »Da sind Don Quijote und Sancho Pansa einfach machtlos.«

Pfingstferien

»Wir sollten in den nächsten Tagen einmal über einen kleinen Pfingsturlaub nachdenken«, sagte Herbert zu Angelika, als er nach Hause kam. Er hatte sich in den vergangenen Jahren nicht mehr um die Lage der Schulferien gekümmert, aber nach seiner Rückkehr ins Amt war sein Interesse an sich bietenden Reisegelegenheiten wieder erwacht.

»Pfingsten – das sind doch nur zwei freie Tage«, entgegnete Angelika, »da lohnt es sich doch nicht, weiter wegzufahren.«

»In diesem Jahr ist es anders als sonst«, wusste Herbert zu berichten. »Aus irgendeinem Grund sind die Pfingstferien eine Woche lang, das reicht für einen schönen erholsamen Kurzurlaub.«

»Ach, das wusste ich gar nicht«, entgegnete seine Frau. »Dann habe ich ja auch keine Kurse an der Grundschule. Ja, dann können wir fahren.«

»Wenn wir Freitag starten und Sonntag zurückkommen, haben wir neun Tage«, rechnete Herbert ihr vor.

»So, wie ich dich kenne, hast du bereits ein Ziel ins Auge gefasst«, sagte Angelika, die ihren Mann nur allzu gut kannte.

»Ja Schatz, habe ich«, antwortete er grinsend. »Wir waren noch nie in Island. Da würde ich gerne einmal hin.«

»Island?«, fragte sie entgeistert. »Ist das nicht zu kalt im Frühjahr?«

»Ich habe das einmal gegoogelt«, gab er zur Antwort. »Es ist zwar etwas kälter als hierzulande, aber aushaltbar.« Er holte den Wochenkalender von der Wand und legte ihn auf den Küchentisch. »Hinzu kommt, dass ich keine Lust hätte, in den Sommerferien dorthin zu fahren«, ergänzte er. »Denn dann gibt es wahrscheinlich viele Mücken und auch viele Touristen.«

»Sollen wir die Kinder mitnehmen, was meinst du?«, regte Angelika an. »Ich denke, dass sie Interesse haben könnten.«

»Wenn sie Urlaub bekommen, warum nicht?«, stimmte Herbert zu, wohl wissend, dass diese Reiseeinladung komplett über sein Bankkonto abgewickelt werden würde. Er war gerne mit seinen Töchtern zusammen auf Reisen, deshalb war er bereit, dafür etwas tiefer in die Tasche zu greifen.

Angelika schrieb eine kurze Nachricht in die Familien-WhatsApp-Gruppe, und nach wenigen Minuten hatten sich die beiden Töchter Daniela und Annika zurückgemeldet.

Beide waren schon seit einigen Jahren aus dem Haus und lebten mit ihren Partnern nicht weit entfernt von ihrem Elternhaus. Enkelkinder waren jedoch noch nicht in Sicht

»Ja, bei den beiden würde das klappen«, sagte Angelika nach einem kurzen Blick auf ihr Smartphone. »Gut!«, sagte Herbert, »Ich schau' dann einmal nach Flügen und einem Hotel.« Er ging in sein Arbeitszimmer und klappte sein Notebook auf.

Weniger als eine Stunde später waren die Flüge und eine große Ferienwohnung in Reykjavik gebucht. und die Buchungsunterlagen an seine „Finanzchefin", wie er Angelika gerne nannte, weitergeleitet, damit sie den Zahlungsverkehr abwickelte.

Reykjavik

Mit einem solchen Wetter hatte Herbert nicht gerechnet. Auf dem Flughafen musste das Flugzeug eine Stunde lang auf dem Rollfeld stehen bleiben, da der starke Sturm mit Regenfällen ein Aussteigen aus der Maschine unmöglich machte. Nachdem sie im Flugzeug eine Stunde lang vom Wind durchgeschüttelt worden waren, konnten sie endlich ihr Gepäck und anschließend den vorab gebuchten Mietwagen abholen.

Die Ferienwohnung war sehr schön und groß; sie lag mitten in der Hauptstadt der Insel, einen Steinwurf von der Haupt-Einkaufsstraße entfernt.

Einzig die hohen Lebenshaltungskosten machten Herbert Sorgen, zumal, da er seinen Töchtern versprochen hatte, sämtliche Ausgaben zu übernehmen.

»In nur einer Woche können wir nicht die ganze Insel erkunden«, dozierte Vater Herbert lehrertypisch beim Abendessen am Ankunftstag in einem isländischen Fischlokal. »Dafür ist sie einfach zu groß. Aber es gibt einen „goldenen Kreis", eine Rundstrecke, an der die wichtigsten Sehenswürdigkeiten zu besuchen sind.«

In den folgenden Tagen fuhren er und seine Familie an verschiedene Orte Islands und bestaunten die Naturwunder, welche die Insel zu bieten hat.

Höhepunkt war die Fahrt zum Stokkur-Geysir und anschließend zum Gulfoss-Wasserfall, dem „Wasserfall der Götter". Es war eine leicht hügelige Landschaft und Reiters Knie machten sich schmerzhaft bemerkbar. Deshalb blieb er ein Stück hinter dem Rest der Familie zurück, die bereits zu den besten Aussichtspunkten hin stürmte.

Kurz bevor er auch dort hinkam, klingelte sein Mobiltelefon. Er wunderte sich, in dieser Abgeschiedenheit überhaupt ein Netz zu haben, aber wahrscheinlich waren hier, dank der jährlichen Touristenströme, Funkmasten aufgestellt.

»Reiter«, meldete er sich keuchend.

»Ja, hallo«, meldete sich sein Hausmeister am anderen Ende der Leitung, »Mehmet Öcek hier. Ich hoffe, ich störe nicht.«

»Wie man's nimmt«, antwortete Reiter, »ich stehe gerade vor einem der schönsten Wasserfälle dieser Welt auf Island.«

»Tut mir leid«, antwortete Öcek. »Aber ich muss ihnen leider mitteilen, dass an den Feiertagen in der Schule eingebrochen wurde.«

Herbert setzte sich auf eine Parkbank in seiner Nähe.

»Ist es schlimm?«, fragte er kurz.

»Sehr schlimm«, bedauerte Öcek. »Deshalb rufe ich auch an. Es ist nicht nur geklaut worden, sondern auch Vandalismus. Ganz übler Vandalismus.«

Es war nicht das erste Mal, dass Reiter mit einem Schuleinbruch zu tun hatte. In seiner Zeit am Essener Berufskolleg war dort ebenfalls mehrfach eingebrochen worden. Meistens wurden aber nur schultypisch alte Computer und die Kaffeekasse des Kollegiums gestohlen.

»Ihr Büro ist total verwüstet«, setzte Öcek fort. »Das Sekretariat auch. Mehrere Türen wurden mit der Brechstange geöffnet. Schlimme Schäden auch im

Lehrerzimmer. Ob etwas gestohlen wurde, kann ich nicht sagen, weil ich nicht weiß, was fehlt.«

»Was ist mit dem Tresor in meinem Büro?«, wollte Reiter wissen. In diesem wurden die Aufgaben für die anstehenden Prüfungen zur Fachhochschulreife aufbewahrt.

»Der ist auch aufgebrochen worden«, bedauerte Öcek. »Es ist nichts mehr drin.«

Reiter zuckte innerlich zusammen. Die Abschlussprüfungen der Fachoberschule waren für die übernächste Woche angesetzt. Die Fachlehrer für Deutsch, Mathematik, Englisch und der beruflichen Fächer hatten ihm die von der Bezirksregierung vorab geprüften Abituraufgaben vor den Pfingstferien übergeben, damit sie im Tresor vermeintlich sicher verwahrt wurden. Nun, da sie gestohlen worden waren, konnten sie nicht mehr zu Prüfungszwecken verwendet werden, zumal die Erwartungshorizonte, also die Lösungsvorschläge für die Aufgaben, mit abgeheftet waren.

»Ich kann vor hier aus nichts machen«, sagte Reiter endlich. »Ich werde aber heute noch die Kollegen per Mail verständigen, dass sie sich Gedanken über neue Prüfungsvorschläge machen müssen.«

»Die Polizei war bereits mit der Spurensicherung hier«, setzte Öcek seinen Schadensbericht fort. »Sie haben ein paar Fingerabdrücke am Tresor und an den Türen gefunden, mehr nicht.«

»Das ist ja wenigstens etwas«, seufzte Reiter.

»Soll ich anfangen, aufzuräumen oder soll ich warten, bis sie zurückkommen?«, wollte Öcek zum Abschluss des Gespräches wissen.

»Nein, lassen Sie bitte alles so, wie es ist«, antwortete Reiter. »Vielleicht finde ich noch etwas, was die Polizei übersehen hat.«

Nach dem Telefonat blieb er noch für einige Minuten auf der Bank sitzen. »Warum tue ich mir das an?«, dachte er. »Ich könnte jetzt so schön hier Urlaub machen und die Natur genießen.«

»Wo bleibst du, Papa?«, riss Annika ihn aus seinen trüben Gedanken, die zurückgelaufen war, um ihn zu suchen. »Der Wasserfall ist großartig. Den musst du dir ansehen!«

»Meine Knie! Mein Rücken!«, rief er. »Die machen mir zu schaffen. Ich komme aber jetzt.«

Ächzend stand er auf und ging auf den Aussichtspunkt zu. Er beschloss, den Rest des Urlaubs einfach zu genießen und nicht an die Vorgänge in der Schule zu denken.

Dass daraus nichts werden würde, merkte er, als er am Abend um neun Uhr Ortszeit immer noch an seinem Computer saß, um Mails zu schreiben und Nachfragen zu beantworten. Die Kolleginnen und Kollegen, die er bitten musste, einen neuen Prüfungsvorschlag zu erarbeiten, reagierten verständlicherweise besonders heftig. Er versuchte sie damit zu trösten, dass sie ja auf einen der üblichen Zweitvorschläge zurückgreifen könnten.

»Das sind ja schöne Ferien«, dachte er.

»Papa kann es auch in den Ferien nicht lassen, sich mit der Schule zu befassen«, meckerte Daniela. »Es ist genauso wie früher, als er noch im Dienst war.«

Der Rückflug verlief noch chaotischer als der Hinflug nach Island. Die Fluggesellschaft hatte den Flug wegen eines Fluglotsenstreiks in Frankreich abgesagt und so strandete Familie Reiter bereits am frühen Morgen des Abreisetages am Flughafen in Reykjavik. Alternative Flugverbindungen gab es nicht. Mitten in der Nacht wurde die Familie nach Oslo umgebucht, von da aus gab es eine Frühmaschine nach Kopenhagen und von dort aus einen Anschlussflug am Nachmittag nach Düsseldorf.

»48 Stunden von Island nach Düsseldorf«, kommentierte Daniela sarkastisch. »Da hätten wir fast besser laufen können!«

»Na ja, ein bisschen Schwimmen wäre aber auch dabei gewesen«, korrigierte Annika.

Vollkommen übermüdet kamen Herbert und Angelika zu Hause an, nachdem sie die Kinder an ihren Wohnungen abgesetzt hatten.

Obwohl er sich wie gerädert fühlte und nur noch ins Bett wollte, rief Herbert seinen Bruder Horst an und erzählte ihm von dem Einbruch in die Schule.

»Kannst du morgen einmal vorbeikommen?«, bat er. »Du hast doch sicher einen geschulten Blick – vielleicht findest du einen Anhaltspunkt, wer das gewesen sein könnte.«

»Ja, aber erst gegen 10 Uhr am Vormittag«, entgegnete Horst.

Diese Uhrzeit war Herbert sehr, sehr recht.

Schadensaufnahme

»Ich habe schon einiges in meinem Leben gesehen, aber das hier toppt alles«, sagte Herbert Reiter zu seinem Bruder, nachdem er an der Schule angekommen war. Sein Büro sah aus wie nach einem Bombeneinschlag. Die Aktenstapel lagen auf dem Boden, alle Schubladen waren herausgerissen und auf den Boden geleert, die Möbel waren umgeworfen. »Schau' dir das an«, sagte er wütend zu seinem Bruder und deutete auf den aufgebrochenen Tresor. »Der sieht aus, als wäre er mit einem Dosenöffner aufgebrochen worden.«

An der Tresortür waren noch die Reste des Pulvers sichtbar, mit dem die Polizisten von der Spurensicherung die Fingerabdrücke abgenommen hatten.

»Na ja, „Tresor" ist vielleicht etwas übertrieben«, schränkte sein Bruder ein. Tatsächlich war der Tresor eher ein besonders stark gesicherter Stahlschrank mit einem Spezialschloss.

»Natürlich ist es kein Tresor wie in einer Sparkasse«, gab Herbert zu, »aber für unsere Zwecke sollte er stabil genug sein.«

»Das war er ja offensichtlich nicht«, gab sein Bruder süffisant zurück.

Nebenan im Sekretariat hatte Sandra Berger schon begonnen, alles wieder an die gewohnten Plätze zurückzustellen. »Hier gab es weniger Vandalismus als bei Ihnen«, sagte sie zu Reiter, nachdem er ihr seinen Bruder vorgestellt hatte. »Ich lasse für solche Fälle immer 20 Euro auf meinem Schreibtisch liegen«, ergänzte Frau

Berger. »Dann haben Einbrecher das Gefühl, etwas gefunden zu haben und lassen den Rest dann in Ruhe.«

Horst Reiter nickte zustimmend. »Aber an Geld scheinen die Täter kein großes Interesse gehabt zu haben«, ergänzte Sandra Berger und hielt den 20-Euro-Schein hoch. »Hier ist er, er ist nicht gestohlen worden.«

»Lass' uns zum Lehrerzimmer gehen«, schlug Herbert vor.

Der Pausenraum des Kollegiums bot ebenfalls ein Bild des Jammers. Gegenstände waren auf den Boden geworfen, einige der Lehrerfächer waren aufgebrochen und deren Inhalte auf dem Boden verstreut.

Horst Reiter hatte auf dem Rundgang aufmerksam die vorhandenen Spuren begutachtet.

»Ich denke, ich weiß, wie der Einbruch abgelaufen ist«, begann er, als er und sein Bruder zurück in Herberts Büro waren. »Die Täter haben am Seiteneingang die Scheibe eingeschlagen, sind dann die Treppe hochgekommen. Zuerst haben sie sich das Lehrerzimmer vorgenommen, dann das Sekretariat. Als Letztes war dann dein Büro dran.«

Herbert war beeindruckt. »Das kannst du nach einem kurzen Rundgang so genau feststellen?«, wunderte er sich.

»Ja, klar. Das ist mein tägliches Brot«, antwortete sein Bruder stolz. »Nach fast 40 Jahren Berufserfahrung weiß ich, dass jeder Gegenstand eine kleine Geschichte zu erzählen hat.«

»Erzählen dir die Gegenstände auch, warum die Täter eingebrochen haben?«, fragte Herbert schnippisch nach. »Oder noch besser: wer eingebrochen hat?«

Horst lachte. »Nee, so weit geht meine Expertise nicht«, gab er zu. »Aber vielleicht gelingt es uns, den Täterkreis etwas einschränken.«

Er ging zu dem am Boden liegenden Flipchartständer und richtete ihn auf.

»Ich notiere einmal, was wir wissen«, begann er.

»Zuerst gingen die Täter ins Lehrerzimmer«, sagte er und notierte „Lehrerzimmer" auf dem Blatt. »Dort haben die Täter Fächer aufgebrochen«, setzt er fort und notierte „Lehrerfächer".

»Anschließend wurde das Sekretariat besucht, aber es wurde nichts Wesentliches durchwühlt. Das Geld wurde liegengelassen. Danach wechselten sie in dein Büro, durchwühlten auch hier alles, fanden den Tresor im Schrank und brachen ihn auf.« Erneut machte er Notizen auf dem Flipchart. »Als sie fertig waren, verließen sie das Gebäude auf dem gleichen Weg, auf dem sie gekommen waren.«

Horst war sichtlich zufrieden mit seinen Schlussfolgerungen. »Ich wette, die Täter fanden entweder in deinem Tresor, was sie suchten oder aber sie suchten gar nichts und wollten nur als Vandalen unterwegs sein«, schloss er seine Überlegungen.

»Im Tresor waren nur eine kleine Geldkassette für die Kaffeekasse und die Aufgabenblätter für die anstehenden Fachhochschulreifeprüfungen«, überlegte Herbert laut.

»Das könnte es sein!«, antwortete Horst nach kurzer Pause. »Vielleicht haben die Täter eben diese Aufgaben gesucht. Aber werden die nicht zentral vom Ministerium aus am Tag vor den Prüfungen an die Schulen geschickt?«

»Das gilt nur für die Allgemeine Hochschulreife, das Abitur«, klärte Herbert seinen Bruder auf. »Aber das funktioniert auch nicht immer, wie man in der Zeitung lesen kann. Angesichts dessen bin ich froh, dass die Unterlagen hier im Haus sind.«

»Angesichts der jährlichen Schwierigkeiten bei der Datenübertragung an die Schulen bin ich bei dir – aber in diesem speziellen Fall …«

»Was mich wundert«, sinnierte Herbert fort, »seit über 60 Jahren werden die Facharbeiterprüfungen im dualen System bundesweit zentral durchgeführt. Am Tag vor der Prüfung werden die Unterlagen von Mitgliedern des Prüfungsausschusses an die Prüfungsorte gebracht, dort eingeschlossen und am nächsten Tag läuft die Prüfung an hunderten, wenn nicht sogar tausenden Orten parallel ab. Bis auf verschwindend wenige und eher marginale Ausnahmen ist noch nie etwas passiert. Warum um alles in der Welt schafft man das nicht beim Abitur in unserem Bundesland? So schwierig kann das doch nicht sein!«

Kopfschüttelnd stand er vor seinem Bruder und redete sich in Rage. »Und wenn etwas schieflaufen sollte, dann hat man doch einen „Plan B" und zur Not noch einen „Plan C"«, ergänzte er. »Zum Beispiel könnten doch Mitarbeiter der Bezirksregierung im Fall des Serverausfalls die Aufgaben normal per gesicherter Mail versenden oder – Plan C – in gedruckter Form direkt zu den Schulen bringen. So, wie es bei den Facharbeiterprüfungen gemacht wird. Das ist zwar aufwändig, erspart aber der Ministerin unbequeme Fragen im Landtag und den Beamten die Häme der Presse.«

Horst schaute ihn verständnislos an. »Reg' dich nicht auf, Bruderherz, du bist seit Jahren in Pension, das sollte dich wirklich nicht aufregen. Das ist schlecht für den Blutdruck!«

»Apropos „Plan B". Ich habe eine Idee!«, rief Herbert aus. »Komm, wir gehen noch einmal zurück ins Lehrerzimmer.«

Horst folgte ihm. Herbert sah sich die Fächer, die aufgebrochen waren, näher an. Auf den an sich verschlossenen Türen vor den Lehrerfächern standen die Namen der entsprechenden Kolleginnen und Kollegen.

»Na bitte, da schau' her«, sagte er triumphierend. »Hier das Fach von Herrn Krug, der ist Mathematiklehrer in der Fachoberschule.« Er ging zum nächsten aufgebrochenen Fach »Frau Schindlers Fach, Englisch in der FOS«.

Es stellte sich heraus, dass nur die Fächer von den Lehrerinnen und Lehrern der Prüfungsfächer in der FOS aufgebrochen waren.

»Siehst du, jeder Tatort spricht eine eigene Sprache«, sagte Horst. »Damit ist es jetzt eindeutig: Erstens waren den Tätern die Namen der Lehrpersonen der Prüfungsfächer bekannt und zweitens wurden die Prüfungsunterlagen gesucht. Das Chaos wurde wahrscheinlich einfach nur deshalb angerichtet, um unsere Aufmerksamkeit in eine andere Richtung zu lenken.«

»Das spricht für Täter aus der Schülerschaft, genauer gesagt aus dem Bereich der Fachoberschule«, schloss Herbert.

»Das sehe ich auch so«, stimmte Horst zu. »Was mich nur wundert: Wissen die nicht, dass in solchen Fällen andere Aufgaben gestellt werden?«

»Ach, weißt du, die Schüler, die einen Diebstahl begehen, um an die Aufgaben zu kommen, sind mit Sicherheit nicht die hellsten Kerzen auf der Torte, um es vorsichtig zu formulieren«, feixte Herbert.

»Dann haben sie also gar nichts von ihrem Einbruch?«, hakte Horst nach.

»Nein, nicht den geringsten Vorteil«, seufzte sein Bruder. »Nur wir haben die Arbeit und den Schaden. Und meine Familie und ich einen verdorbenen Urlaub.«

»Ich glaube, ich habe eine ganz gute Idee«, verabschiedete sich Herbert von seinem Bruder. »Vielleicht kann ich den Tätern eine Falle stellen. Ich rufe dich an, auf jeden Fall!«

Auf dem Rückweg zu seinem Büro sang Herbert leise das Lied des österreichischen Sängers Falco vor sich hin: »*Dra di net um, schau, schau. Der Kommissar geht um! Er hat die Kraft und wir sind klein und dumm. Dieser Frust macht uns stumm.*«

Den entgeisterten Blick von Frau Berger übersah er geflissentlich.

117

Fallensteller

Nach der zweiten Pause hatte Reiter mit Frau Bergers Hilfe sein Büro halbwegs wieder aufgeräumt. »Danke für die Hilfe«, sagte Herbert. »Jetzt habe ich noch einen Wunsch: Bitte bestellen Sie die vier Kolleginnen und Kollegen, die in der FOS die Prüfungsfächer unterrichteten, zu mir. Sie möchten bitte ihre Prüfungsvorschläge und ihre Zweitvorschläge mitbringen.« Sandra Berger schaute ihn verständnislos an, erledigte aber den Auftrag ohne weitere Nachfragen.

»Liebe Kolleginnen und Kollegen«, begann Reiter die Besprechung. »Es tut mir leid, dass durch den Einbruch Ihre Arbeit an den Prüfungsvorschlägen zunichtegemacht wurden. Aber es ist so, wie es ist.«

Die Lehrerinnen und Lehrer schauten ihn frustriert an. »Wir werden also die Zweitvorschläge einsetzen müssen«, setzte Herbert fort. »Aber es gibt Anhaltspunkte dafür, dass die Täter sich in unserer Schule gut auskannten, vielleicht sogar zum Kreis der Prüflinge gehören. Vielleicht können wir ihnen eine Falle stellen.« Seine Kollegen schauten ihn verständnislos, aber erwartungsvoll an.

»Bitte geben Sie mir einmal ihre Prüfungsvorschläge, also Erst- und Zweitvorschlag«, sagte er zum Mathematiklehrer Krug.

Er überflog das Aufgabenblatt des Erstentwurfes, dann nahm er sich den Zweitentwurf vor.

»Im Erstentwurf ist die dritte Aufgabe eine Kurvendiskussion der Gleichung $f(x) = 3x^3 + 12x^2 - 8x + 4$«, stellte er fest. »Im Zweitentwurf ist es eine andere

Funktionsgleichung. Bitte tun Sie mir einen Gefallen: Übernehmen Sie die Aufgabe 3 aus dem Erstentwurf in ihren Zweitentwurf und dann ändern Sie eine Kleinigkeit. Mein Vorschlag: aus den $12x^2$ machen Sie $22x^2$ oder von mir aus auch $14x^2$. Das fällt kaum auf.«

Der Mathematiklehrer sah ihn entgeistert an. »Dann erlischt doch die Genehmigung der Aufgabe durch die Bezirksregierung«, monierte er. »Außerdem: was soll das bringen?«

»Das Problem mit der Bezirksregierung können Sie getrost mir überlassen«, antwortete Reiter ruhig. »Was ich mir davon verspreche ist: Diejenigen, welche die Prüfungsvorschläge gestohlen haben, haben es sicherlich nötig, die Aufgaben vor der Prüfung zu kennen, denn sie sind, locker gesprochen, nicht die schärfsten Messer in der Schublade. Ich vermute, die werden die Lösung einfach auswendig lernen, das heißt, sie werden die „richtige Lösung" zu einer „falschen Aufgabe" aufschreiben.«

Das Gesicht des Mathematiklehrers erhellte sich. »Nicht schlecht«, sagte er anerkennend.

»Dadurch können wir dann die Täter dingfest machen«, ergänzte Reiter, »wenn alles so läuft, wie ich es mir denke.«

Er lehnte sich auf seinem Stuhl zurück und verschränkte seine Arme hinter seinem Kopf. »So machen wir es mit allen Prüfungsfächern!«, sagte er und schaute die Englischlehrerin Frau Schindler auffordernd an. Hier wurde in einer Übersetzungsaufgabe einfach ein Satz ausgetauscht, Ähnliches im Prüfungsvorschlag für das Fach Deutsch.

In der berufsbereichsbezogenen Prüfung „Wirtschaftswissenschaften" wurde für eine „Break-even-Point-Analyse" nur ein kleiner Parameter geändert.

»Jetzt können wir nur noch hoffen, dass unsere Prüfungsdiebe wenigstens die Lösungsvorschläge gut gebüffelt haben«, schloss Reiter die Runde. »Aber ich bin sehr zuversichtlich, dass sie uns in die Fallen gehen.«

»Das hoffen wir auch«, bestätigten seine Kolleginnen und Kollegen.

»Ich brauche sicher nicht zu erwähnen, dass von unserer kleinen List nichts an die Schülerschaft, besser auch nichts ins Kollegium gelangen darf«, sagte Reiter, als alle sein Büro verließen.

»Klar!«, sagte der Mathematiklehrer. »Aber die Schüler der FOS sind seit einer Woche vor der Abschlussprüfung ohnehin vom Unterricht freigestellt und somit nicht im Haus.«

»Das ist noch besser!«, sagte Reiter und schloss die Tür.

Prüfungstage mit Folgen

Am ersten Tag der Abschlussprüfung wurde das Fach Mathematik geprüft, was Reiter sehr erfreute, denn hier waren Fehler sehr schnell zu lokalisieren. Sofort nach Prüfungsende bat er seinen Kollegen Krug, mit den Abschlussarbeiten zu ihm zu kommen.

»Wir sehen uns zuerst alle Lösungen der Aufgabe 3 an«, schlug Reiter vor. Sie wurden schnell fündig. In zwei Prüfungsarbeiten waren die Aufgaben 3 die Einzigen, die vollständig gelöst war. Alle anderen Aufgaben waren nur in sehr dürftigen Ansätzen bearbeitet worden.

Die Lösungen der Aufgaben 3 waren in sich richtig, allerdings hatten beide Schüler die Kurvendiskussion mit $22x^2$ anstatt mit $12x^2$, wie es in der Aufgabenstellung vorgesehen war, bearbeitet. »Da haben wir zwei ganz heiße Kandidaten«, knurrte Reiter. »Aber warten wir die weiteren Prüfungen ab.«

In den Fächern Deutsch, Englisch und in Wirtschaft zeigte sich ein ähnliches Bild. Die beiden Schüler waren mit beiden Füßen in die aufgestellten Fallen getappt und hatte die Lösungen aus den gestohlenen Erwartungshorizonten auswendig, fehlerfrei und eins zu eins in ihre Abschlussarbeiten übertragen.

»Meine Güte, sind die doof«, entfuhr es Reiter. »Es ist ja noch gestrunzt, wenn man sagt, dass sie nicht die spitzesten Pfeile im Köcher sind«, sagte er zu seinen Kollegen aus der FOS, die er zu einer abschließenden Besprechung eingeladen hatte. »Schulrechtlich können wir die Fälle nicht ohne die Rechtsabteilung der Bezirksregierung bearbeiten«, erklärte er. »Zudem wird sich die Polizei um die strafrechtliche Seite kümmern müssen, denn immerhin wurde hier einiges an Sachschaden angerichtet. Sie haben ja bei der Spurensicherung die Fingerabdrücke der Täter aufgenommen und können sie nun mit denen der Beschuldigten abgleichen. Ich gehe fest davon aus, dass die Fingerabdrücke unseren dringenden Tatverdacht bestätigen werden.«

Strafe muss sein

So kam es. Herbert Reiter bestellte die beiden ahnungslosen Schüler zu einem Gespräch in der Schule ein. Die Gesprächsführung übernahm sein Bruder Horst, der als Kriminalkommissar über die entsprechenden Verhörtechniken verfügte. Die beiden Jungs — wie Herbert schon vermutete — waren wirklich nicht die intelligentesten Zeitgenossen und knickten schnell ein, noch bevor Horst Reiter dazu kam, die Fingerabdrücke abzunehmen.

Es war genau so, wie er und Herbert es vermutet hatten: Die beiden Täter hatten Angst, die Abschlussprüfung nicht zu schaffen. Deshalb waren sie in die Schule eingebrochen, um die Prüfungsunterlagen zu stehlen, die sie in den Lehrerfächern vermutet hatten. Um die Spuren zu verwischen, haben sie es wie Vandalismus aussehen lassen.

Zu Hause hatten sie sich mithilfe der Lösungsvorschläge winzige Spickzettel geschrieben, die sie am Prüfungstag nutzten.

»Ihr habt die Lösungen noch nicht einmal auswendig gelernt?«, fragte Horst ungläubig nach. Er hatte den Eindruck, dass die beiden nicht verstanden, was er damit meinte.

Herbert erteilte den beiden Schülern umgehendes Hausverbot und übergab die Unterlagen inklusive der Aufgabenblätter und der Gesprächsprotokolle zur weiteren Bearbeitung an die Rechtsabteilung der Bezirksregierung. Diese verwies die Schüler von allen Schulen des Landes, was bedeutete, dass sie in Nordrhein-

Westfalen kein Berufskolleg mehr besuchen konnten, um einen höheren Schulabschluss zu erlangen.

Das war die höchste Strafe, die laut Schulgesetz des Landes von der Bezirksregierung vergeben werden konnte. Zudem wurden beide in einem weiteren Prozess vom Amtsgericht wegen des Einbruchs und des Vandalismus zu jeweils 2 Jahren Gefängnis auf Bewährung mit zusätzlich 100 Stunden sozialer Arbeit verurteilt.

Zwei Wochen nach der Aufklärung hielt Herbert ein amtliches Schreiben der Bezirksregierung in seinen Händen.

Sehr geehrter Herr OStD Reiter,

in der o. a. Angelegenheit wurde festgestellt, dass Sie die von der Bezirksregierung genehmigten Unterlagen zur Prüfung der Fachhochschulreife eigenmächtig geändert haben. Ich weise Sie darauf hin, dass diese Vorgehensweise unzulässig ist und erteile Ihnen aus diesem Grund einen schriftlichen Verweis, der zu Ihrer Personalakte genommen wird.

Mit freundlichen Grüßen

Herbert nahm einen weiteren Schluck aus seiner Kaffeetasse. Als er sie auf seinem Schreibtisch abstellen wollte, machte er eine ungeschickte Bewegung mit der Hand und der Kaffee ergoss sich über das amtliche Schreiben.

»So ein Mist«, sagte er grinsend zu sich selbst. »Manchmal bin ich aber auch so etwas von ungeschickt.«

Doppelkopfrunde

»Hallo Beate, hallo Horst«, begrüßten Herbert und Angelika ihren Besuch. Es war wieder einmal Zeit für einen Doppelkopfabend. Horst stellte seinen Gitarrenkoffer in der Diele ab. »Du wirst umfallen!«, flüsterte er geheimnisvoll zu Herbert, als sie zusammen ins Wohnzimmer gingen. »Ich habe ein super Schnäppchen bei Ebay gemacht. Aber bitte nichts der Beate sagen – sie meint, ich hätte schon genügend Gitarren.«

»Hast du ja auch«, antwortete Herbert, der die umfangreiche Sammlung seines Bruders kannte. In Horsts Hobbyraum sah es aus wie in einem Gitarrengeschäft.

Der Wohnzimmertisch war für die Spielrunde vorbereitet. Routiniert mischte Beate die Karten und teilte sie zur ersten Runde aus.

»Irgendwelche Vorbehalte?«, fragte sie. Ihre drei Mitspieler schüttelten ihre Köpfe. »Dann spielen wir ein normales Spiel.«

»Na, Bruderherz«, sagte Horst, nachdem er mit einem Kreuz-Ass aufgespielt hatte, »hast du dich mittlerweile gut eingelebt, du Rentner-Müdür?«

»Was heißt das denn?«, wollte Beate wissen und bediente mit einem Kreuz-König.

»Müdür ist Schulleiter auf Türkisch«, klärte ihr Mann sie auf. »Herbert hat es mir erzählt.«

»Ach ja, ganz gut«, antwortete Herbert auf die Frage seines Bruders. »Eigentlich ist alles genauso wie in Essen. Kreuz-Zehn.«

»Du bist doch jetzt schon so lange im Geschäft«, fuhr sein Bruder fort. »Genau genommen bist du ja schon in der Verlängerung. Ich würde gerne einmal wissen, ob sich die Schülerschaft im Lauf der vielen Jahre geändert hat.«

Angelika bediente ebenfalls mit einer Kreuz-Zehn. Horst strich den Fang zufrieden ein und spielte mit einem Pik-Ass weiter.

»Darüber habe ich auch schon oft nachgedacht«, sagte Herbert. »Ich habe den Eindruck, dass die Jugendlichen – entgegen der weit verbreiteten Meinung – insgesamt freundlicher und sensibler geworden sind, von Ausnahmen natürlich abgesehen.«

Er bediente mit einem Pik-König. »Was mir allerdings Sorgen macht, ist die Bildungslandschaft insgesamt«, setzte er fort. »Ich, und nicht nur ich, glaube, dass unser Schulsystem in vielen Bereichen versagt.«

Horst sah ihn interessiert an, während er den Stich, der gut für ihn gelaufen war, zu den anderen Karten legte. »Wie meinst du das?«

»Nun, nehmen wir beispielsweise unserer beider Biografie. Wir beide haben sofort nach Abschluss unserer Schulzeit – und das war zumindest bei mir kein Glanzpunkt in meinem Leben – eine Lehrstelle bekommen. Ich war damals sechzehn, ich glaube, bei dir war es noch etwas früher.«

»Ja, ich war schlanke fünfzehn Jahre alt«, stimmte Horst zu. »Ich konnte damals kaum über den Schraubstock gucken.«

»Wenn jemand heute auf die Idee käme, einen 15-Jährigen arbeiten zu lassen – der hätte wahrscheinlich sofort Probleme«, grinste Herbert. »Aber vielleicht ist das ja auch besser so. Was mir vielmehr Sorgen macht, ist die

Tatsache, dass viele, sehr viele unserer 17- oder 18-Jährigen noch nicht ausbildungsreif sind.«

»Was heißt das?«, wollte Beate wissen.

»Mangelnde Kenntnisse in Lesen, Schreiben, Rechnen«, fasste Herbert kurz zusammen, »und fehlende Kompetenzen im sozialen Bereich. Fast acht Prozent der Schulabgänger haben überhaupt keinen Abschluss. Die werden von keinem Ausbildungsbetrieb eingestellt.«

»Das würde ich wahrscheinlich auch nicht tun«, antwortete Beate.

Herbert hatte in der nächsten Runde seinen Fuchs in Sicherheit gebracht. Er spielte mit einer Pik-Dame auf.

»Und genau dort liegt das zweite Problem«, setzte Herbert fort. »Ein großer Teil der Ausbildungsplätze bleibt unbesetzt, weil es an geeigneten Bewerbern mangelt. Da ist der Fachkräftemangel der Zukunft schon vorprogrammiert.«

»Ja, den spüren wir bei uns auch schon«, bestätigte Horst. »Allein deshalb werden jetzt schon spezielle Ausbildungsgänge an den Berufskollegs angeboten, die Schüler mit mittlerem Schulabschluss auf den Polizeidienst vorbereiten sollen.«

»Ich weiß«, sagte Herbert. »Meine Schule hatte sich um den Bildungsgang beworben, ist aber – der Himmel weiß, warum – nicht ausgewählt worden.«

»Schade, das wäre schön gewesen«, sinnierte Horst. »Vielleicht hätten wir dann zusammengearbeitet.«

»Ja, vielleicht«, stimmte Herbert zu. »Das wäre schön gewesen.«

Beate stach seine Pik-Dame mit einer Kreuz-Dame und strich die Karten zufrieden ein.

»Ich komme noch einmal zu den Kernproblemen zurück«, sagte Herbert nachdenklich. »Einerseits haben wir eine sehr große Zahl von Jugendlichen, die nicht reif sind für eine Ausbildung, andererseits sehr viele Abiturienten, die natürlich an die Hochschulen streben.«

»Aber das ist doch gut!«, warf Beate ein. »Das mit den vielen Abiturienten, meine ich.«

»Ich sehe das janusköpfig«, schränkte Herbert ein. »Natürlich ist es gut für ein Land wie Deutschland, viele Abiturienten zu haben. Aber wie sehen deren Perspektiven nach dem Studium aus? Ich sage nur „Angebot und Nachfrage". Wenn wir nicht aufpassen, dann haben wir bald viele gut ausgebildete Hochschulabsolventen, die aber nicht adäquat beruflich eingesetzt werden können, und viel zu wenig Handwerker oder Mitarbeiter in der mittleren Ebene, die eine qualifizierte Ausbildung durchlaufen haben.«

Er bediente Beates Herz-Dame mit einem Pik-Buben. »Die Hochschulabsolventen sind naturgemäß enttäuscht, wenn sie nicht ihren Wunsch-Arbeitsplatz bekommen«, setzte er fort. »Gar nicht wenige schließen mittlerweile einen Ausbildungsvertrag nach dem Studium ab, um die Chancen am Arbeitsmarkt zu vergrößern.«

Angelika hatte den nächsten Stich gewonnen und spielte mit der Kreuz-Dame auf.

»Das alles ist eine Verfehlung der Bildungspolitik bei uns. Jahrzehntelang ist den Jugendlichen und deren Eltern gesagt worden, dass das Abitur das Non-Plus-Ultra ist, sozusagen die höchste Stufe der Menschwerdung. Mit einem Ausbildungsvertrag in der Tasche stand man schon in der zweiten Reihe und wurde schief angesehen, oder Horst?«

»Ja, das war leider so«, bestätigte Herbert. Er stach die Pik-Dame mit seiner Herz-Zehn.

»Hinzu kommt, dass die Anforderungen augenscheinlich abgesenkt wurden«, setzte Herbert fort. »Die Ausbildungsbetriebe beklagen vehement Mängel in den Basiskompetenzen, also Lesen, Schreiben, Rechnen, bei den Bewerbern. Ihr ahnt nicht, wie viele unserer Schüler in diesen Bereichen große, sehr große Probleme haben, von Fremdsprachen ganz zu schweigen.«

Horst spielte mit seiner zweiten Herz-Zehn auf und Herbert bediente mit seinem zweiten Fuchs. »Gut gelaufen!«, sagte er zufrieden.

»Das geht sogar so weit«, blieb Herbert am Thema, »dass an manchen Hochschulen mittlerweile Grundkurse „Rechtschreibung" und „Rechnen" angeboten werden, weil viele Studierende bei der Anfertigung von Hausarbeiten schlichtweg überfordert sind.«

»Dafür gibt es doch ChatGPT«, wandte Angelika grinsend ein.

»Darüber darf ich gar nicht nachdenken«, knurrte Herbert. »Ich fasse aber einmal zusammen: Ich habe den Eindruck, dass unser Bildungssystem sich immer mehr von den Anforderungen der Gesellschaft – nicht nur denen der Wirtschaft – ablöst. Eben das, mein lieber Bruder, ist der Unterschied zu damals, als wir noch am Anfang des Berufes standen.«

Horst hatte den letzten Stich bekommen. »134 zu 106«, zählte er zusammen. »Gegen die Alten, macht zwei

Punkte für Herbert und mich.« Er trug das Ergebnis in eine Tabelle ein. »Nächstes Spiel.«

»Mich wundert es auf jeden Fall nicht, dass unser Bundesland bei den Vergleichen der Bildungsergebnisse in Deutschland regelmäßig am unteren Ende der Liste zu finden ist«, setzte Herbert verdrossen beim Mischen fort. »Letztlich ist alles auch eine Frage des Geldes: In wenigen Bundesländern nämlich wird pro Schüler so wenig Geld ausgegeben wie bei uns hier.«

Er teilte die Karten aus.

»Früher war es einmal Thüringen«, berichtete er. »Die waren jahrelang auf dem letzten Platz, bis der Bildungsetat aufgestockt wurde, von ca. 6000 Euro pro Schüler und Jahr auf über aktuell 8000 Euro. Deshalb sind sie in Thüringen mittlerweile immer auf einem der vorderen Plätze im bundesdeutschen Vergleich. Ganz zu schweigen von den ewigen Gewinnern Bayern und Baden-Württemberg, die um die 9000 Euro ausgeben.«[2]

»Oh, das wusste ich gar nicht«, wunderte sich Beate und bediente das von Angelika ausgespielte Pik-Ass.

»Ja, das ist so«, bestätigte Herbert. »Bei uns im Land reicht es nicht einmal für ordentliche Toiletten, von der Ausstattung der Unterrichtsräume ganz zu schweigen.«

Das Gespräch um den Zustand der Bildungslandschaft im Land ging während der nächsten Runden weiter. Herbert wurde nicht müde, eine Lanze für Ausbildungsberufe zu brechen, sie waren aus seiner Sicht der Königsweg in das Berufsleben der jungen Menschen.

---

[2] s. Statistisches Bundesamt: Ausgaben für öffentliche Schulen je Schüler.

»Das Kernproblem ist aus meiner Sicht«, endete Herbert, »dass wir in Deutschland keinen wirklichen gesellschaftlichen Konsens darüber haben, was denn genau „Bildung" und was genau Inhalt dieser Bildung ist; eine endgültige Definition sozusagen. Wenn ich Politiker reden hören, dann meinen die mit „Bildung" meistens Kompetenzen wie Lesen, Schreiben, Rechnen – schulisches Wissen jedenfalls. Philosophen und Gesellschaftswissenschaftler fassen den Begriff wesentlich weiter. Für mich gehört naturgemäß die berufliche Bildung auch zur Bildung. „Der Beruf steht an der Pforte zur Bildung" oder besser „Bildung geschieht durch den Beruf, und nur durch den Beruf", wie es Georg Kerschensteiner, der Namenspatron meiner Schule, geschrieben hat. Aber vielleicht ist es ja tatsächlich so, dass die Kompetenzen, die wir als unabdingbare Basiskompetenzen der Schulabsolventen ansehen, in Zukunft gar nicht mehr gebraucht werden, weil künstliche Intelligenz die übernehmen können.«

Konzentriert sortierte er seine Karten.

»Obwohl ich das nicht glaube, denn Denken entsteht nun einmal durch Sprache und klares Denken durch Wissenschaft. Ansonsten sind Betrügern und Verschwörung-Geschichtenerzählern Türen und Tore geöffnet. Und Persönlichkeit – aus meiner Sicht höchstes Ziel jeglicher Bildung – entwickelt sich nur durch Denken und Selbstreflexion und durch die Auseinandersetzung mit der Welt „da draußen." Dazu gehört aus meiner Sicht auch eine schulische Bildung über Berufe oder Berufsfelder in den achten und neunten Klassen aller

Schulformen, zum Beispiel als Fach „Berufsorientierung".«

»Genug jetzt!«, bestimmte Angelika. »Jetzt konzentrieren wir uns bitte nur noch auf das Spiel, sonst steige ich aus.«

»Du hast recht, aber eben das noch«, beharrte Herbert. »Ich hatte das Unterrichtsfach Berufsorientierung in einigen Klassen an meinem Berufskolleg in Essen eingeführt. Wie war die Reaktion aus dem Ministerium? Ein telefonischer Einlauf wegen eigenmächtiger Änderung der Stundentafel.«

Horst und Beate gewannen knapp im Gesamtergebnis.

»Wir gehen noch ein bisschen spielen«, sagte Herbert und winkte zu Horst herüber. »Ich hole uns noch zwei Flaschen Bier aus dem Kühlschrank.«

»Ist das nicht ein Prachtstück?«, wollte Horst wissen, nachdem er seine Neuerwerbung aus dem Koffer gehoben hatte. »Eine 1976er Ramirez, Segovia-Modell. Zederndecke, Palisanderboden und -zargen, 66er Mensur. Professionell restauriert, wie neu.«

Es war wirklich ein schönes Instrument. Herbert spielte ein paar Töne. »Glückwunsch«, sagte er. »Sehr schön! Wie viel?«

»Fünf-Sieben«, antworte Herbert knapp und meinte damit 5700 Euro.

»Wirklich ein Schnäppchen«, bestätigte Herbert mit Kennerblick. »Und Beate weiß nichts davon?«

»Bist du verrückt?«, grinste Horst. »Die bringt es fertig und bringt mich irgendwann zum Psychiater wegen meiner Sammelleidenschaft.«

»Das wäre vielleicht nicht schlecht«, grinste Herbert zurück. Er holte ein Notenblatt von dem Notenstapel, der auf seinem Schreibtisch lag.

»Blauer Himmel, rote Wolken«, las Horst vor. »Kenne ich nicht.«

»Ein Stück eines Komponisten namens Christoph Pampuch«, erklärte Herbert. »Das kannst du auch nicht kennen, weil ich es für zwei Gitarren übertragen habe.«

Schon nach ein paar Tönen waren die Brüder weit, weit weg von allen Problemen dieser Welt.

Intermezzo

Mit der schriftlichen Prüfung zur Fachhochschulreife – die im Volksmund fälschlicherweise gerne als „Fachabitur" bezeichnet wird – waren die Oberstufenklassen vom Unterricht befreit. Es waren noch einige Wochen bis zu den Sommerferien. Für Außenstehende sah es so aus, als hätten die Lehrerinnen und Lehrer eine ruhige Zeit – aber weit gefehlt. Ihre Aufgabe war es nun, sich korrigierend durch große Stapel schwer entzifferbarer Klausuren zu arbeiten.

Zudem waren alle anderen Jahrgangsstufen und die Klassen des dualen Systems noch im Haus. An allen Schulen typisch ist die „Zeugnispanik", die ungefähr zwei Monate vor den Zeugnisterminen wie ein laues Lüftchen beginnt, sich dann aber zu einem wahren Orkan ausweitet. Alle Lehrer wollen noch irgendwie ihre Mindestanzahl von Klassenarbeiten im Schuljahr erfüllen und Schülerinnen und Schüler merken plötzlich, dass ihre Versetzung gefährdet ist. Daher wollen sie noch auf der Zielgeraden punkten – obwohl sie schon vor vielen Monaten auf ihre Defizite hingewiesen worden waren. Kurz: Das Chaos scheint allumfassend und mitten im Getöse stehen die Sekretariate und die Schulleitung.

»Ich traue mich schon gar nicht mehr, in den Pausen über den Gang zu gehen«, beklagte Reiter sich bei Pia Seidler und Sandra Berger, die sich in einen Nebenraum des Sekretariats geflüchtet hatten. Selbst auf dem Weg zur Toilette werde ich nach der Auslegung irgendwelcher Rechtsvorschriften gefragt.«

»Das ist in jedem Jahr das gleiche Theater«, seufzte Sandra Berger. »Deshalb verstecken wir uns auch in dieser Kammer, damit wir in Ruhe arbeiten können.«

»Alle Lehrer sind nervös und alles muss hopp-hopp gehen«, bestätigte Pia Seidler. »Da bleibt der Tonfall leider nicht immer freundlich.«

Frau Berger nickte zustimmend. »Und die Schüler sind in ihrem Verhalten auch nicht besser«, ergänzte sie.

»Wir sollten wohl versuchen, uns für die Zukunft Verbesserungen in den Abläufen einfallen zu lassen«, sinnierte Reiter.

»Löblich, aber zwecklos, denke ich«, antwortete Pia Seidler. »Selbst, wenn Sie schon vor Weihnachten mit den Vorarbeiten für die Jahreszeugnisse beginnen würden – die Torschlusspanik würde bleiben.«

»Menschen sind so!«, bestätige Frau Berger. »Insbesondere Lehrer.«

Herbert Reiter hob an, trotzdem eine Vision für bessere Abläufe der Vorferienzeit zu entwickeln, als er von lautem Gejohle im Haus unterbrochen wurde. Die drei schauten einander fragend an.

»Ich schau' einmal, was da draußen los ist«, sagte Reiter und ging über sein Büro auf den menschenleeren Gang. Schnell hatte er die Lärmquelle lokalisiert: Schülerinnen und Schüler standen an den Fenstern ihrer Klassenräume mit Blick auf den Schulhof und jubelten deutlich vernehmbar. Er eilte zu einem Fenster, von dem aus er den Schulhof überblicken konnte und traute seinen Augen nicht. Mitten auf dem Platz hatte ein Schüler ein großes Herz aus roten Rosen geformt.

Reiter öffnete das Fenster, um zu dem Bild auch einen Ton zu bekommen. Der offenbar türkische Schüler hatte sich in seinen schwarzen Anzug mit weißem Hemd und Krawatte gezwängt. Er bewegte sich in die Mitte des Blumenherzens und fiel auf seine Knie.

Mit einem Schlag verstummte das Gejohle der Schülerschaft; man konnte eine Stecknadel im Heuhaufen fallen hören.

»Zeynep!«, rief der junge Mann deutlich vernehmbar. »Zeynep! Ich liebe dich!«

Reiter beobachtete, wie einige Schülerinnen an den Fenstern vor Rührung ihre Taschentücher zückten, aber auch seine Mitarbeiterinnen, die sich inzwischen neben ihn gestellt hatten, um die Szene zu beobachten, zogen ihre Taschentücher aus ihren Jacken.

»Zeynep, willst du mich heiraten?«, rief der Schüler laut. Totenstille an den Fenstern und auf dem Schulhof. Bis zur Antwort dauerte es ein paar Sekunden – eine gefühlte Ewigkeit.

»Ja, ich will«, ertönte eine dünne Stimme aus der zweiten Etage.

Die Schüler tobten vor Begeisterung. Kurze Zeit später stürmte ein junges Mädchen aus dem Haus, rannte zu dem jungen Mann, der sich inzwischen erhoben hatte und fiel ihm um den Hals.

Nach einer ergreifenden Kussszene hob der Antragsteller seine Hand, um die jubelnde Menge an den Fenstern zum Schweigen aufzufordern. Dann reckte er seine rechte Hand, in der er eine kleine Schachtel festhielt, in die Höhe.

»Isch gebe dir jetzt den Verlobungsring«, rief er und steckte seiner Angebeteten den Ring an. Erneuter Jubel aus den Fenstern.

Inzwischen hatten sich weitere Schülerinnen und Schüler aus ihren Klassenräumen entfernt, um Teil des Schauspiels zu werden. Sie umringten das Brautpaar und führten unter türkischen Gesängen einen Kreistanz um die beiden aus.

An einen geregelten Unterricht war im ganzen Gebäude nicht mehr zu denken. Herbert schloss das Fenster und ging mit Frau Berger und Frau Seidler zurück ins Sekretariat.

»Ach, war das schön!«, seufzte Pia Seidler. »So etwas hätte ich mir auch gewünscht, damals, als ich noch jung war.«

»Sie *sind* doch noch jung«, lächelte Reiter. »Aber es mag ja noch so schön gewesen sein: Der junge Mann hat den Schulfrieden erheblich gestört. In den meisten Klassen ist doch jetzt kein Unterricht mehr möglich.«

Herbert ging zum Mikrofon der Sprechanlage und bat Frau Berger, ihm die Funktion zu erklären. Er räusperte sich mehrfach, drückte auf die erforderlichen Knöpfe und sprach dann in das Mikro.

»Liebe Schülerinnen und Schüler, liebe Kolleginnen und Kollegen, aus gegebenem Anlass verlege ich die nächste Pause vor. Sie beginnt jetzt und endet zur üblichen Zeit, also wenn der Gong ertönt«, sagte er. »Gleichzeitig nutze ich die Gelegenheit, dem jungen Brautpaar im Namen der Schule alles Gute für die Zukunft zu wünschen!«, schloss er seine Rede ab.

»Das ist aber nobel«, staunte Pia Seidler. »Da hätte ihr Vorgänger ganz anders reagiert.«

»Ach, winkte Reiter ab«. »Das ist eher der normativen Kraft des Faktischen geschuldet! Die Schüler können sich nun fast eine halbe Stunde lang austoben und danach kann der Betrieb geregelt weiterlaufen. Unterricht ist jetzt doch eh' nicht möglich.«

Bevor er zurück in sein Büro ging, wandte er sich an Pia Seidler. »Bitte holen Sie mir den Namen des Bräutigams aus der Kartei«, bat er. »Er soll sofort zu mir kommen.«

»Den Namen kann ich Ihnen so sagen«, antwortete sie. »Es ist Tarkan Ölmez aus der Berufsfachschule für Wirtschaft. Das Mädchen heißt übrigens Zeynep Türkan; sie besucht die Fachoberschule.«

»Ach, stimmt ja«, bemerkte Reiter achtungsvoll, »Sie kennen ja alle Schülerinnen und Schüler.«

Zehn Minuten später stand ein strahlendes Brautpaar vor der Tür des Direktors. Reiter ließ die beiden herein und wies ihnen Plätze am Konferenztisch zu.

»Sie haben den Schulfrieden empfindlich gestört«, begann Herbert seine Ansprache ernst. »Ihretwegen wurde der Unterricht unterbrochen, und das auch noch kurz vor den Zeugnissen.« Das anfängliche Lächeln der beiden verschwand von ihren Gesichtern. Schuldbewusst schaute Tarkan den „Baba" an. »Ja, ich weiß«, sagte er reuig. »Zeynep kann aber nix dafür.«

»Das wäre ja noch schöner, wenn sie vorher informiert worden wäre«, tadelte Reiter und lächelte.

»Nun gut, Schwamm drüber«, setzt er fort und holte drei mit Orangensaft gefüllte Sektgläser, die Frau Berger auf seine Bitte hin vorbereitet hatte, aus dem Sekretariat.

»Alkohol gibt es nicht an dieser Schule«, sagte er, nachdem die beiden je ein Glas in der Hand hatten. »Aber mit Orangensaft kann man auch gut anstoßen. Trinken wir auf Ihre gemeinsame Zukunft. Zum Wohl!«

Das junge Paar hatte sein Strahlen wiedererlangt. »Es war eine schöne Idee, das mit den Rosenblättern und so«, sagte Reiter anerkennend zu dem jungen Bräutigam. »Wirklich ganz toll. Aber bitte sagen Sie Ihren Mitschülern, dass sie das nicht nachmachen sollen, wenn sie einmal so weit sind.«

»Vielen Dank, Baba«, bedankte sich Tarkan bei Reiter. »Isch lade Sie auch zur Hochzeit ein.«

»Das ist ja wohl auch das Mindeste«, antwortete Reiter lachend, als die beiden sein Büro verließen. »Ich werde dann auch kommen.«

»Ach, Herr Reiter, das war wirklich nett von Ihnen«, sagte Sandra Berger, als er die geleerten Gläser ins Sekretariat zurückbrachte.

»Was hätte ich auch sonst machen sollen?«, fragte er achselzuckend. »Rein formal hätte ich Tarkan zu einer Teilkonferenz einladen müssen, wegen „Störung des Schulfriedens". Das Ganze wäre ohnehin wie das Hornberger Schießen ausgegangen und hätte zudem dem jungen Paar die Erinnerung an einen schönen Tag in ihrem Leben verdorben.«

Versonnen stellte er die Sektgläser auf den Schreibtisch von Frau Berger.

»Der junge Mann ist vielleicht 20 Jahre alt, Zeynep höchstens 19 Jahre. Wenn die beiden bald heiraten, dann haben sie noch eine lange Strecke vor sich«, sinnierte er. »In manchen Fällen ist das schon Strafe genug.«

»Dann drücken wir den beiden die Daumen, dass es bei ihnen nicht der Fall sein wird«, erwiderte Frau Berger mitfühlend. »Auf jeden Fall bin ich mir aber sicher, dass es sich nicht um eine Zwangsehe handelt, die die beiden eingehen. Das ist doch schon einmal ein guter Ausgangspunkt für eine glückliche gemeinsame Zukunft.«

»Damit haben Sie allerdings sehr recht«, murmelte er.

Das Handy

Reiter wollte sich gerade wieder in sein Büro begeben, als es an der Tür zum Sekretariat leise klopfte.

»Herein«, rief Sandra Berger vernehmlich. Reiter blieb in der Tür zu seinem Büro stehen, neugierig darauf, wer das sein könnte.

Eine junge Schülerin betrat zögerlich das Sekretariat. Reiter schätze ihr Alter auf 17 oder 18 Jahre.

»Guten Tag«, flüsterte sie. »Bin hier richtig Sekretariat?«

»Ja, Sie sind hier im Sekretariat«, korrigierte Frau Berger. »Was kann ich für Sie tun?«

»Ich wollte mein Handy holen«, antwortete die junge Dame leise. Herbert hörte interessiert zu.

»Aha! Welches Handy?«, wollte Frau Berger wissen.

»Ein rosa Handy«, sagte die Schülerin. »Mit einem Anhänger dran.«

»Wie heißen Sie denn?«, forschte Sandra Berger nach. Sie wollte sicher gehen, dass das Handy, das ihr der Klassenlehrer, Herr Singer, anvertraut hatte, der Schülerin gehörte.

»Ich heiße Aylin«, antwortete die Schülerin leise. »Aylin Basra.«

»Welche Klasse?«, hakte Frau Berger nach.

»Berufsvorbereitungsjahr, bei Herr Singer.«

»Ah, ja, bei Herrn Singer«, bestätigte Frau Berger und griff in die Schublade ihres Schreibtisches. »Ist es dies hier?«

Die junge Dame strahlte. »Ja, das ist mein Handy«, bestätigte sie und streckte ihre Hand aus.

»Demnächst lassen Sie es besser im Unterricht ausge-
schaltet!«, riet Frau Berger der Schülerin, bevor sie ihr
das Handy übergab.

Herbert ging auf die Schülerin zu.

»Warum hat Herr Singer Ihnen das Handy abgenommen?«, wollte er wissen.

»Ich hab' im Unterricht immer draufgeguckt«, sagte die
Kleine schuldbewusst, »und WhatsApp geschrieben.«

»Ja, dann war es wohl richtig, dass er es Ihnen abgenommen hat«, sagte Reiter mit belehrendem Unterton.
»Mit einem Handy in der Hand können Sie dem Unterricht ja wohl schlecht folgen, oder?«

Die Schülerin schwieg schuldbewusst. »Dann werde ich
das nich' mehr tun«, versprach sie schließlich.

»Kennen Sie Helmut Schmidt?«, fragte Reiter unvermittelt. Die junge Dame sah ihn verständnislos an. »Nein,
kenne ich nicht.«

»Helmut Schmidt war einmal Bundeskanzler«, klärte
Reiter sie auf. »Vor mehr als dreißig Jahren.«

»Da war ich noch nicht auf der Welt«, warf die Schülerin ein.

»Ja, ich weiß«, fuhr Reiter fort. »Dieser Helmut Schmidt
hatte damals vorgeschlagen, im ganzen Land einen
fernsehfreien Tag pro Woche einzulegen. Das heißt, an
einem Tag in der Woche sollten die Leute kein Fernse-
hen gucken, sondern etwas anderes machen.«

Sandra Berger grinste. Sie ahnte, worauf er hinauswollte.

Aylin sah ihn verständnislos an. »Ich gucke nicht Fern-
sehen«, sagte sie arglos. »Ich hab' doch Handy.«

»Damals ging ein Aufschrei der Empörung durch das Land«, sagte Reiter, mehr an Frau Berger adressiert. »Ich kann mich noch sehr gut daran erinnern, welche Aufregung das war.«

»Ich auch«, bestätigte Frau Berger, »obwohl ich noch sehr jung war.«

»Ich würde an seiner Stelle heutzutage vorschlagen, einen handyfreien Tag in der Woche einzulegen«, schlug Reiter vor. »Einen Tag in der Woche ohne Handy, ohne soziale Medien und sowas alles.«

Aylin sah ihn entsetzt an. Sie krümmte sich nach vorne, als hätte Reiter ihr einen Faustschlag in die Magengegend verpasst.

»Neiiin«, stöhnte sie. »Das wäre ja schlimm.«

Ihr Stöhnen ging in ein leises Jammern über. Allein der Gedanke, für 24 Stunden auf ihr Handy verzichten zu müssen, versetzte sie in Panik.

Reiter und Frau Berger schauten einander an. »So ist das heute, Chef«, sagte sie achselzuckend. »So ein Handy gehört heutzutage fest zum Körper.«

»Bei mir nicht«, antwortete Reiter. »Ich kann auf die Dinger gut verzichten.«

»Vielleicht ist da ein bisschen gesellschaftliche Entwicklung an Ihnen vorbeigegangen«, überlegte sie laut.

»So nett kann man es auch ausdrücken«, grinste Herbert, »dass jemand älter geworden ist.«

Er wandte sich wieder in Richtung Tür zum Schulleitungsbüro.

»Also, kein handyfreier Tag«, sagte er beim Hinausgehen zu Aylin, »Aber Handy aus im Unterricht, verstanden?«

Die Schülerin nickte verlegen.

»Hoffentlich zeigt sie mich nicht wegen seelischer Grausamkeit an«, sagte er zu Frau Berger, nachdem die Schülerin das Sekretariat verlassen hatte. »Allein der Gedanke an einen handyfreien Tag war ja die reine Folter für die Kleine.«

»Ich glaube, das ist der Lauf der Dinge«, meinte Sandra Berger. »Ich bin einmal gespannt, was die Zukunft uns in dieser Hinsicht noch bringen wird.«

»Ich nicht!«, knurrte Reiter und ging endgültig zu seinem Schreibtisch.

»Schatz«, wollte Herbert von Angelika beim Abendessen in der Pizzeria wissen, »kannst du dich noch an meinen Heiratsantrag erinnern?«

»Natürlich kann ich das«. Sie schaute ihn verständnislos an und setzte ihre Versuche fort, mit ihrem stumpfen Messer ihre Pizza zu zerteilen. »Ich werde nie verstehen, warum die Messer in Pizzerien immer so stumpf sind.« Herbert berichtete ausführlich die morgendlichen Geschehnisse an der Schule, während sie letztendlich erfolgreich ein Stück von ihrer Pizza al Tonno abtrennte. »Bei uns war das etwas anders als bei deinem türkischen Traumpaar«, kommentierte sie kauend.

»Wir waren mit deinem Wagen auf dem Rückweg von meinen Eltern zu unserer ersten gemeinsamen Wohnung. Während der Rotphase einer Ampel hast du mich gefragt, ob ich dich heiraten will.«

»Wirklich?«

»Ja, genauso war es. Nachdem die Ampel grün geworden war, hast du mir noch etwas von steuerlichen

Vorteilen erzählt«, setzte sie ironisch fort. »Es war hochromantisch. Ich vermute, solche Heiratsanträge sind nicht so häufig.«

»Na, dann habe ich etwas mit Tarkan uns Zeynep gemeinsam«, sinnierte Reiter. »Der Heiratsantrag war ja auch einzigartig.«

»Wenn du es so siehst, dann hast du recht«, antwortete Angelika und spülte den nächsten mühsam erkämpften Bissen Pizza mit einem Schluck Rotwein herunter.

Porzellanpuppe

»Ich muss mir dringend Gedanken über die nächste Lehrerkonferenz machen«, sagte Herbert zu Sandra Berger, als sie ihm den Tagesordner mit Schriftwechseln auf den Schreibtisch legte. »Das wird sicher eine unangenehme Veranstaltung«, setzte er fort. »Die Beschwerden über den Zustand der Schülertoiletten häufen sich, und ich muss zugeben – zu Recht.«

»Ja«, bestätigte Sandra. »Auch bei mir kommen zahlreiche Beschwerden an. Ich vertröste die Schülerinnen immer damit, dass die Gelder für die Sanierung seitens der Stadt schon bewilligt sind. Das stimmt doch?«

»Ja, das stimmt!«, antwortete Reiter. »Nach meinem Kenntnisstand aber schon seit drei Jahren. Es geschieht nur nichts.«

»Können Sie bei der Stadt keinen Druck machen?«, wollte Frau Berger wissen. »Auf einen Schulleiter werden die doch wohl reagieren.«

»Was glauben Sie, was ich schon alles versucht habe?«, fragte Reiter resignierend. »Aber es scheint weniger ein

Problem des Geldes als ein Problem der Handwerker zu sein.«

»Das heißt?«, hakte die Sekretärin nach.

»Ganz einfach: Es finden sich keine Handwerksbetriebe in der Umgebung, die solche Arbeiten übernehmen können«, antwortete Reiter. »Personalmangel!«

Unwillig schob er den Tagesordner zu Seite. »Ich befürchte, dass uns dieses Problem in den nächsten Jahren begleiten wird – Fachkräftemangel, wohin wir schauen.«

Der letzte Halbsatz Reiters wurde vom Pausengong übertönt. Beide warteten, bis das Signal verstummt war. »Auch so ein Beispiel«, sagte Reiter. »Seitdem ich hier bin, versuche ich jemanden zu finden, der den Lautsprecher hier im Büro stummschalten kann.« Er stand auf und ging in Richtung des Lautsprechers, der an der Wand befestigt war. »Ich glaube, ich trenne einfach einmal die Kabel durch, dann ist Ruhe!«, setzte er fort.

»Aber dann hören Sie auch keine Alarme«, wandte Frau Berger ein. »Falls es einmal brennen sollte, oder im Amokfall.«

»Damit kann ich leben«, gab Reiter zurück. »… und im Notfall sagen Sie mir einfach Bescheid.«

Genau in diesem Augenblick – als wäre es geplant gewesen – ertönte die Alarmsirene durch das gesamte Schulgebäude.

»Wahrscheinlich wieder ein Fehlalarm«, knurrte Reiter.

»Und Sie brauchen mir in diesem Fall noch nicht einmal Bescheid geben«, fügte er grinsend hinzu.

Im Fall eines Alarms gab es einen festgelegten Ablauf, der mit dem Lehrerkollegium jeweils zu Schuljahresbeginn eingeübt wurde. Das gesamte Schulhaus musste evakuiert werden, für alle Klassen waren drei gesonderte Sammelpunkte außerhalb des Schulgeländes gekennzeichnet.

Reiter verließ das Gebäude zusammen mit Sandra Berger und Pia Seidler, die sich zwischenzeitlich in seinem Büro eingefunden hatte, als Letzte.

»Was ist das denn?«, brach es aus Reiter heraus, als er auf dem Schulhof ankam. Er hatte erwartet, dass die Schülerinnen und Schüler außerhalb des Schulgeländes an den Sammelpunkten zusammenkommen würden. Die komplette Schülerschaft des Tages stand jedoch mitten auf dem Schulhof und es war schon aus größerer Entfernung ein lautes Johlen zu hören. Beschleunigten Schrittes eilte Reiter zu der Menschentraube.

»Was ist denn hier los?«, wollte er wissen, als er den äußeren Rand der Traube erreichte.

»Gehen sie dahin«, sagte eine Schülerin und wies in Richtung der Mitte des Schülerkreises. »Dann können Sie's sehen.«

Mühsam bahnte Reiter sich einen Weg durch die Menschenmenge, bis er deren Mitte erreichte. Ihm bot sich ein erstaunlicher Anblick.

Auf einer freien Fläche innerhalb der Menschentraube ging ein offensichtlich menschliches Wesen auf und ab. Das wäre soweit sicher nicht ungewöhnlich gewesen, allerdings war die äußere Erscheinung der Figur mehr als ungewöhnlich.

Das Wesen – auf den ersten Blick von männlicher Statur – trug ein knöchellanges, buntes Frauenkleid und hochhackige rote Schuhe. Das Gesicht der Person war nicht zu erkennen, weil sie eine Porzellanmaske mit einem traurigen Gesicht trug. Reiter fühlte sich beim Anblick der majestätisch hin- und her schreitenden Figur irgendwie an einen amerikanischen Horrorfilm erinnert. »Der macht uns Angst«, sagte eine Schülerin, die zufällig neben Reiter stand. »Der tauchte plötzlich kurz nach Pausenbeginn hier auf. Deshalb auch der Alarm.« »Machen Sie doch etwas!«, bat eine andere Schülerin mit belegter Stimme.

Das Geheul des Schulalarms verstummte. Auf Reiters Handy erschien eine SMS vom Hausmeister Öcek mit der knappen Botschaft „Fehlalarm".

Das Gejohle der Schüler verebbte, nachdem sie gesehen hatten, dass der Schulleiter höchstpersönlich anwesend war. Alle Augen richteten sich erwartungsvoll auf Reiter.

Herbert ging entschlossen auf die Kunstfigur in der Mitte des Kreises zu. »Setzen Sie die Maske ab!«, befahl er barsch, als er vor dem jungen Mann stand.

»Ja, gerne«, bekam er in freundlichem Ton zur Antwort. »Kein Problem!«

Der junge Mann entfernte die Maske von seinem Gesicht und lächelte Reiter unschuldig an.

»Das ist ja der Kevin!«, hörte er einen Schüler rufen. »Der Kevin Meier aus der Höheren Handelsschule.«

Sofort ging das Gejohle der Schüler wieder los.

»Kommen Sie mit«, sagte Herbert barsch. »Das wird ein Nachspiel haben.«

»Ja, gerne«, sagte Kevin sanft und freundlich.

Reiter bahnte sich zusammen mit dem Schüler einen Weg durch die Menschenmenge, die sich allmählich zerstreute.

»Was haben Sie sich dabei gedacht?«, wollte Reiter wissen, nachdem er und Kevin im Schulleitungsbüro angelangt waren. »Das war eine empfindliche Störung des Schulfriedens. Sie haben Ihren Mitschülern Angst gemacht!«

»Oh, das wollte ich nicht«, säuselte Kevin sanftmütig.

Reiter sah ihn unwillig an. »Auf jeden Fall kann ich das so nicht stehen lassen«, knurrte er. »Ich werde kurzfristig eine Teilkonferenz ansetzen. Die könnte sich in diesem Fall für einen Schulverweis entscheiden.«

»Das glaube ich nicht …«, setzte Kevin an. »Ich habe doch …«

»Das brauchen wir hier und jetzt nicht zu erörtern«, unterbrach Reiter ihn unwirsch. »Sie erhalten eine kurzfristige Einladung zur Teilkonferenz. Bis dahin sind Sie vom Unterricht suspendiert.«

»Was heißt das?«, wollte Kevin wissen.

»Das heißt, dass Sie bis zur Teilkonferenz das Schulgelände nicht betreten dürfen«, erklärte Reiter, der sich inzwischen einigermaßen beruhigt hatte. »Die Frauenkleidung und die Maske lassen Sie bitte hier – als Beweismittel«, ergänzte er.

Schweigend zog Kevin das Kleid, das er über seiner normalen Kleidung getragen hatte, aus und legte es neben die Porzellanmaske auf Reiters Schreibtisch.

»Nicht die Schuhe!«, blaffte Reiter, als Kevin die Pumps danebenlegen wollte. »Schuhe auf dem Tisch bringen Unglück!«

Kevin legte die Schuhe auf den Boden und verließ gruß-los und mit gesenktem Kopf Reiters Büro.

»Ich glaube, ich kann noch so alt werden – es gibt immer wieder Neues zu erleben«, dachte Reiter.

»Bitte suchen Sie mir die Daten von Kevin Meier aus der HöHa heraus«, sagte er wenige Minuten später zu Pia Seidler. »Und laden Sie zu einer kurzfristigen Teilkonferenz ein. Am besten direkt für morgen.«

Die Mitglieder der Teilkonferenz hatten sich am nächsten Tag pünktlich und 13 Uhr in Reiters Büro eingefunden und schweigend am Konferenztisch Platz genommen. Die Geschehnisse am GKBK hatten inzwischen die Runde durch den Stadtteil gemacht, inklusive einer kleinen Notiz in der Lokalzeitung, ganz zu schweigen von den diversen Posts in den sozialen Medien und Filmclips bei YouTube.

»Der muss von der Schule fliegen«, sagte Udo Kampmann unvermittelt. Die anderen Mitglieder der Teilkonferenz nickten zustimmend.

»Warten wir erst einmal ab, was Kevin Meier zu sagen hat«, murmelte Reiter mehr zu sich selbst als zu den Anwesenden.

»Danke für Ihr kurzfristiges Erscheinen«, eröffnete Reiter die Konferenz. »Ich glaube, den Fall brauche ich Ihnen nicht vorzustellen – der Ablauf dürfte Ihnen allen bekannt sein.«

Zustimmendes Nicken der Jury.

»Es handelt sich um eine empfindliche Störung des Schulfriedens«, fuhr Reiter fort. »Ich habe mir die Akte von dem Schüler kommen lassen. Die schulischen Leistungen sind gut, bisher ist Kevin noch nicht unangenehm aufgefallen.«

»Er ist sogar ein sehr höflicher und hilfsbereiter Schüler«, ergänzte seine Klassenlehrerin, die ebenfalls anwesend war. »Ich kann gar nicht verstehen, warum er so etwas tut.«

»Wir können ihn ja jetzt fragen«, antwortete Reiter. »Ich hole ihn herein.«

Kevin Meier wartete vor der Tür des Schulleiters. Reiter bat ihn herein und wies ihm einen Platz am Konferenztisch zu.

»Herr Meier«, begann Reiter förmlich. »Sie haben gestern durch Ihr unangemessenes Verhalten auf dem Schulhof den Schulfrieden empfindlich gestört und damit einen schulweiten Alarm ausgelöst. Zudem haben Sie zahlreiche Mitschülerinnen und Mitschüler zutiefst verängstigt. Bitte nehmen Sie dazu Stellung.«

Kevin sah verständnislos in die Runde.

»Ich habe doch gesagt, dass ich das mache«, antwortete er zaghaft.

Die Mitglieder der Teilkonferenz sahen einander verständnislos an.

»Wie meinen Sie das?«, fragte Reiter unwirsch. »Haben Sie Ihren Auftritt etwa vorher mit Ihren Mitschülern oder mit der Klassenleitung abgesprochen? Das wäre ja noch schöner!«

»Nicht direkt«, erklärte Kevin. »Ich habe es beim Aufnahmegespräch gesagt.«

Das Erstaunen über Kevins Antwort war an allen Gesichtern deutlich abzulesen.

»Das müssen Sie mir genauer erklären!«, forderte Reiter.

»Vor der Aufnahme in die HöHa führen wir doch Gespräche«, erklärte Kevin, der inzwischen selbstsicherer wirkte. »Da musste ich auch einen Fragebogen ausfüllen, in dem auch nach meinen Hobbys gefragt wurde.«

»Das stimmt«, warf seine Klassenlehrerin ein. »Jeder neue Schüler bekommt einen solchen Fragebogen, der dann zur Personalakte genommen wird.«

»Ja, und da habe ich angegeben, dass ich mich in meiner Freizeit gerne als Porzellanpuppe verkleide. Das ist Kunst!«

Reiter blickte in die offensichtlich ratlose Runde.

Unwillig nahm er die Personalakte des Schülers und blätterte sie durch, bis er den Fragebogen fand.

»Tatsächlich, hier steht es«, knurrte er. »Ich zitiere den handschriftlichen Eintrag. Hobbys: *Als Porzellanpuppe herumlaufen.*«

Er reichte die Akte in die Runde, damit sich die Mitglieder von der Richtigkeit überzeugen konnten.

»Das scheint damals wohl durchgegangen zu sein«, knurrte er. »Wer glaubt schon so etwas?«

»Haben Sie noch Fragen an Kevin?«, fragte er in die Runde.

Schweigendes Kopfschütteln.

»Bitte warten Sie draußen vor der Tür«, sagte Reiter zu Kevin. »Wir beraten, wie wir mit Ihrem Fall umgehen.«

»Das ist schwierig«, sagte er in die Runde, nachdem Kevin das Schulleitungsbüro verlassen hatte. Er blies seine Backen auf und atmete hörbar aus.

»Ich bleibe dabei: Er muss von der Schule fliegen«, eröffnete Udo Kampmann die Besprechung. »Kevin hat der Schule einen großen Imageschaden zugefügt.«

»Das fände ich überhaupt nicht richtig«, entgegnete die Elternvertreterin Frau Üner. »Der Junge hat doch ehrlich bei der Anmeldung angegeben, dass er sich gerne als Porzellanpuppe verkleidet.«

»Finde ich auch«, stimmte die Schülervertreterin zu. »Der Fehler liegt doch auch bei der Schule. Man hätte Kevin darauf hinweisen sollen, dass die Ausübung seines Hobbys hier nicht erwünscht ist.«

»Und was den Schaden betrifft«, fuhr die Elternvertreterin Gündül Üner fort. »Es wurde kein Unterricht gestört, weil es in der Pause geschah. Den Alarm hat er ja nicht selbst ausgelöst, das können wir ihm auch nicht vorwerfen.«

Ungläubig verfolgte Reiter die Diskussion, die einen vollkommen anderen Verlauf nahm, als er es sich vorher gedacht hatte.

»Ich wäre auch gegen einen Schulverweis«, warf die Klassenlehrerin in die Runde. »Kevin ist ein guter Schüler, manchmal halt ein bisschen naiv. Ich sag' mal: Zu lieb für diese Welt.«

Udo Kampmann, der bislang vehement sie Entlassung des Schülers gefordert hatte, merkte, dass das Meinungsbild sich zu Kevins Gunsten drehte.

»Hat er nicht etwas von Kunst gesagt?«, fragte er in die Runde. »Vielleicht …«

Schweigen.

»Ich glaube, ich verstehe, was der Kollege meint«, sagte Reiter. »Vielleicht weiß ich eine Lösung, mit der wir alle ohne Gesichtsverlust aus der Nummer herauskommen.«

»Kommen Sie herein«, sagte er zu Kevin, der seit 30 Minuten auf dem Flur vor dem Schulleitungsbüro wartete. »Nehmen Sie wieder Platz.«

Reiter setzte sich wie gewohnt an das Kopfende des Konferenztisches und räusperte sich. »Wir haben lange diskutiert«, begann er die „Urteilsverkündung". »Eigentlich wollten wir Sie von der Schule entfernen. Aber es wurde offensichtlich, dass eine gewisse, kleine Mitschuld auch bei der Schule zu suchen ist.«

Kevins Gesicht erhellte sich vorsichtig.

»Vielleicht können wir das Problem gemeinsam lösen«, fuhr Reiter fort. »Sie haben gesagt, dass Sie Ihre Auftritte als Kunstaktion sehen?«, fragte er offen.

Kevin nickte zustimmend. »Ja, das ist so.«

»Möchten Sie mit solchen Kunstaktionen auf die Situation querer Menschen hinweisen?«, hakte Reiter suggestiv nach.

»Ja, das möchte ich.« Kevin merkte, worauf Reiter hinauswollte und stimmte zu. »Ja, genau.«

»Nun gut, das ist eine noble Absicht«, sagte Reiter wohlwollend. »Solche Bekundungen haben aber während der Unterrichtszeit zu unterbleiben«, fügte er ernst hinzu.

»Wir haben daher – übrigens einstimmig – Folgendes entschieden:

Sie erhalten einen schriftlichen Verweis, der in Ihre Personalakte übernommen wird. Sofern Sie sich nichts zuschulden kommen lassen, hat dieser Verweis keine nachteiligen Folgen für Sie. Zusätzlich sorgen Sie zusammen mit der Schülervertretung dafür, dass öffentlich klargestellt wird, dass es sich um eine Kunstaktion mit gesellschaftspolitischem Charakter handelte.«

»Ja, das mache ich«, sagte Kevin erleichtert.

»... und bitte keine Kunstaktionen mehr auf dem Schulgelände!«, ergänzte Kampmann ernst.

»Ich bin heilfroh, dass wir die Kuh so schadlos vom Eis geholt haben«, schloss Reiter die Konferenz. »Vielen Dank Ihnen allen. Und vielleicht komme ich jetzt dazu, ungestört die nächste Lehrerkonferenz vorzubereiten.«

Die Lehrerkonferenz

»Gott sei Dank habe ich es noch geschafft, die morgige Lehrerkonferenz vorzubereiten«, sagte Herbert hochzufrieden zu Angelika.

»Liegen denn viele Probleme an?«, wollte sie wissen.

»Nein, nicht wirklich«, gab Herbert zu. »In erster Linie wird es um die leidige Toilettenfrage gehen und um die neuen Einstellungs- und Beurteilungsrichtlinien.«

»Was gibt's denn da Neues?«, bohrte Angelika nach.

»Nun, dank Lehrermangel werden die Anforderungen an neue Lehrkräfte abgesenkt«, erklärte Herbert. »Ich befürchte, dass diese Politik zu weiteren Qualitätsmängeln in Schulen führen wird, eine Alternative fällt mir jedoch auch nicht ein.«

»Im Grunde genommen kann es dir auch egal sein«, antwortete Angelika. »Mit den Folgen wirst DU nicht mehr zu kämpfen haben, selbst dann, wenn dein Vertrag noch weiter verlängert wird.«

»Da sei Hugo vor«, sagte Herbert. Er stand auf und holte sich eine Flasche Bier aus dem Kühlschrank. »Ich trinke jetzt noch ein Bierchen und gehe dann früher als sonst zu Bett, damit ich morgen fit bin.«

»Mach das, ich lege mich schon einmal hin«, verabschiedete sich Angelika und ging zum Schlafzimmer.

Herbert setzte sich noch für eine halbe Stunde an seinen Computer und schmückte seine Powerpoint-Präsentation mit einigen Animationen aus. Das wird eine „Wellness-Erlebnis-Zeitgeist-Konferenz", murmelte er vor sich hin, als der den Computer ausschaltete.

»Liebe Kolleginnen und Kollegen«, begrüßte Herbert das Kollegium in der Lehrerkonferenz. »Ich begrüße Sie zu unserer Lehrerkonferenz und stelle fest, dass zu dieser form- und fristgerecht eingeladen wurde. Ich danke Frau Ötzel-Schirdewan für die Übernahme des Protokolls.«

Er machte eine kurze Pause und verbeugte sich in Richtung der Protokollantin.

»Die Tagesordnung liegt Ihnen vor«, setzte er seine Einleitung fort. »Gibt es dazu Ergänzungen oder Änderungswünsche?«

Er machte eine Pause und sah in die Runde. Der Kollege Tauber meldete sich zu Wort und stand auf.

»Ja, von mir. Wir haben in der Vergangenheit schon häufiger über die Parkplatzproblematik am Haus diskutiert. Ich möchte diese Diskussion aus gegebenem Anlass wieder aufnehmen.«

Ein Stöhnen ging durch das Kollegium. Tauber war dafür bekannt, penibel jeden vermeintlichen Verstoß gegen jedwede Regel zu protokollieren, zu dokumentieren und ausgiebig zu diskutieren. In der Parkplatzfrage hatte er Lehrerautos, die nicht exakt senkrecht in ihren Parkbuchten geparkt waren, mit seinem Handy fotografiert und die Fotos in einer Art Ausstellung im Lehrerzimmer ausgehängt. Aber damit nicht genug: Auch die aus seiner Sicht unhaltbaren hygienischen Zustände in den Lehrertoiletten, verschmutzte Klassenräume und sogar die gefüllten Papierkörbe im Kopierraum wurden von ihm regelmäßig fotografiert und als Vorboten des Untergangs des Abendlandes gegeißelt.

Herbert zuckte innerlich zusammen. Insgeheim hatte er gehofft, die Konferenz in 90 Minuten durchzuziehen. Nun sah er eine lange und kontrovers geführte Diskussion auf sich zukommen.

»Lieber Herr Tauber«, antwortete Herbert. »Ich habe das alles in den Protokollen der letzten Konferenzen gelesen. Ich glaube nicht, dass wir heute weiterkommen werden.«

So leicht ließ Tauber sich nicht abwimmeln. »Es wird aber immer noch falsch geparkt«, murrte er. »Das muss doch besprochen werden.«

»Wenn ich das richtig in Erinnerung habe, sollte zur Lösung des Problems Ihrer Meinung nach das Ordnungsamt zu Hilfe gerufen werden?«

Das Aufstöhnen im Kollegium ging zu einem feindseligen Murren über.

»Ja, das wäre doch gut!«, antwortete Tauber. »Die könnten Bußgelder verhängen und damit die Kollegen zu mehr Parkdisziplin bringen.«

»Oder auch Bußgelder für einen vollen Papierkorb oder ein nicht gewässertes Pissoir?«, höhnte ein Kollege aus den hinteren Reihen.

Das Murren im Kollegium baute sich weiter auf, Herbert befürchtete, dass auch diese Konferenz wieder in einem Tumult enden könnte.

»Ruhe bitte«, rief Herbert, der froh war, über ein Mikrofon sprechen zu können. »Ruhe bitte, so kommen wir nicht weiter.«

Allmählich kehrte die anfängliche Ruhe zurück. Tauber stand immer noch und blickte Reiter erwartungsvoll an.

Reiters Hirn arbeitete fieberhaft an einer Lösung des Problems. Einerseits konnte er die Ergänzung der Tagesordnung kaum verweigern, andrerseits ahnte er, dass eine mögliche Diskussion entweder ausgehen würde wie das Hornberger Schießen oder in einem verbalen Schlagabtausch ergebnislos enden würde.

»Ich schlage vor«, sagte er schließlich, »dass wir einen Arbeitskreis bilden, der sich mit dieser und ähnlichen Problematiken befasst.« Er spürte, dass sich eine gewisse Erleichterung im Kollegium ausbreitete. »Wer ist dafür?«

Alle außer Tauber hoben ihre Hand. »Der Vorschlag ist einstimmig, bei einer Gegenstimme angenommen«, verkündete er erleichtert. Tauber war sichtlich beleidigt.

»Und wenn du nicht mehr weiterweißt, dann bilde einen Arbeitskreis!«, murrte er, setzte sich aber, begleitet von höhnischen Blicken aus dem Kollegium, wieder auf seinen Stuhl.

Es gab keine weiteren Wortmeldungen.

»Gut«, setzte Reiter die Konferenz fort, »kommen wir also zum Tagesordnungspunkt „Notenvergabe".«

Erneut wurde es unruhig im Kollegium. Die neuen Erlasse aus dem Ministerium hatten für Kopfschütteln in den Lehrerzimmern des Landes gesorgt.

»Bevor wir mit den Zeugniskonferenzen für unsere Schülerinnen und Schüler kommen, möchte ich noch einmal an die neuen Verwaltungsvorschriften des Ministeriums erinnern«, setzte Reiter unbeirrt fort. »Bitte rufen Sie sich ins Gedächtnis zurück, dass nach Vorgaben des Ministeriums bei der Vergabe von mittleren Schulabschlüssen eine Erfolgsquote von mindestens 95 Prozent erzielt werden muss.«

»Und wenn nicht?«, meldete sich Tauber mit einem Zwischenruf zu Wort. Es war offensichtlich, dass er sich im weiteren Verlauf der Konferenz für seine Schlappe revanchieren wollte.

Reiter schaute ihn mitleidig an. »Dann müssen wir alle zur Nachschulung«, antwortete er. »Sollten wir die Quote mehrfach nicht erreichen, werden wir auf unsere Dienstfähigkeit bzw. Einsatztauglichkeit hin überprüft. Im Extremfall droht die Frühpensionierung – und das will doch keiner, oder?«

Das Kollegium raunte. Nur Tauber blieb hart am Ball. »Und bei der Vergabe der Hochschulreife? Wie sieht da die Quote aus?«

»Offensichtlich haben Sie den Erlass nicht gelesen«, tadelte Reiter. »Hier müssen natürlich 100 Prozent erreicht werden. Aber das ist doch klar: Sobald wir die Schülerinnen und Schüler für einen solchen Bildungsgang zulassen, ist doch erkennbar, dass sie das Abi auch wirklich haben wollen. Das können wir ihnen doch dann am Schluss nicht verwehren.«

Das saß. Ein Erbsenzähler wie Tauber ließ sich nur ungern eine Nichtwahrnehmung der Dienstpflicht unterstellen – und in diesem Fall hatte Reiter recht.

»Nachdem dies nun geklärt ist«, setzte Reiter fort, »kann ich mit den Verwaltungsvorschriften fortfahren.«

Er hatte sich von seinem Assistenten Hoffmann den Entwurf des neuen Zeugnisformulars ausdrucken lassen und hielt dieses hoch.

»Die neuen Zeugnisformulare sehen ebenfalls einige Änderungen vor«, sagte er und wedelte mit dem Blatt Papier.

»Erstens: Wir müssen auf dem Zeugnis unterschriftlich dokumentieren, dass die Schülerinnen und Schüler vor jeder, ich betone: vor jeder Notenvergabe über ihre Rechte aufgeklärt werden müssen. Die entsprechende Formulierung ist der amerikanischen Polizeipraxis entlehnt.«

»Was heißt das genau?«, wollte eine Kollegin wissen.

»Nun, das heißt, dass Sie die Schüler über ihre Rechte informieren müssen, wenn Sie ihnen eine schlechte Note – also eine Vier oder schlechter – geben. Später sage ich mehr dazu.«

Wieder ging ein Raunen durch das Auditorium. Reiter wurde klar, dass die meisten der Anwesenden den Erlass nicht gelesen hatten und nun überrascht waren.

»Ich zitiere Ihnen einmal die Erklärung«, setze er fort und las von dem Zeugnisentwurf ab: »Sie haben im Fach XY eine schlechte Benotung erhalten. Sie haben das Recht, diese infrage zu stellen, ein Rechtsbeistand wird Ihnen von Rechts wegen kostenfrei zur Seite gestellt. Bis zur endgültigen Feststellung der Note wird diese nicht gewertet.«

Atemlose Stille im Konferenzraum.

»So ist das!«, sagte er. »Ohne diese Formel sind in Zukunft alle Noten ungültig.«

Reiter spürte, dass die Stimmung im Kollegium weiter kippte. Die Unruhe wurde größer, aber sein Part war noch nicht beendet.

»Dann ist jetzt noch zu erwähnen, dass nach den neuen Vorgaben die Zeugnisse in aktueller Einfachsprache zu formulieren sind, damit sie von Schülern und Eltern auch verstanden werden«, setzte er mutig fort. »Ein sprachbarrierefreies Zeugnis, sozusagen. Also wir schreiben jetzt nicht mehr „Berufskolleg", sondern einfach „Schule", statt Mathematik schreiben wir „Rechnen", selbst meine Funktion als Oberstudiendirektor wird im neuen Zeugnisformular als „Boss" ausgewiesen. Das schlägt sich auch bei den Notenbezeichnungen nieder – dazu, wie zuvor erwähnt, gleich mehr ...«

Der Geräuschpegel im Kollegium wuchs weiter an und erinnerte Reiter an seinen ersten Auftritt in der Schule. Er war fest entschlossen, die Verkündung des Erlasses weiter stramm durchzuziehen.

»Nicht zu vergessen die Fehlzeiten«, rief er in den Raum. »Fehlzeiten geben wir nach den neuen Vorgaben gar nicht mehr an, da wir sie ja auch nicht mehr nachhalten müssen. Das Ministerium tut wirklich alles, um uns die Arbeit zu erleichtern!«

Das Auditorium tobte. Reiter ging zum Verstärker, mit dem sein Mikrofon verbunden war, und stellte die

Lautstärke höher. »Aber es gibt auch etwas Neues: Auf den neuen Zeugnissen wird die Sicherheit im Umgang mit sozialen Medien wie Twitter, Facebook oder WhatsApp auf Tablets und Handys gewürdigt. Damit erschließen wir unseren Absolventen die Welt von morgen. Potenzielle Arbeitgeber achten auch auf diese Kompetenzen«, schrie er in das Mikrofon.

Niemand hörte ihm zu, aber Reiter gab nicht auf.

»Nun noch zu den Noten selbst«, setzte er unbeirrt fort. »Die werden in Zukunft in Einfachsprache oder in Kurzdeutsch formuliert. Statt „sehr gut" vergeben wir ab jetzt ein „megageil", die Note „gut" zu „geil", ein „befriedigend" heißt jetzt „läuft gut", ausreichend heißt „läuft". Die äußerst sparsam zu vergebenden Noten „mangelhaft" und „ungenügend" sind durch „geht vielleicht besser" und „geht sicher besser" zu ersetzen. Die ursprünglichen Vorschläge „Mies" und „Kacke" haben sich im Ministerium nicht durchsetzen können, weil sie von den Schülern als verletzend oder stigmatisierend empfunden werden könnten.«

Das Kollegium heulte auf.

Im Eifer des Gefechts war es Reiter nicht aufgefallen, dass ihm der Schweiß förmlich von der Stirn tropfte. Sein Hemd war nassgeschwitzt. Er setzte sich auf einen Stuhl und starrte in die johlende Menge.

»Ich stelle Ihnen einen Merkzettel zusammen«, brüllte er in das Mikrofon, »damit Sie die neuen Regeln beherzigen können.«

Er war schweißgebadet. Einige Kollegen standen auf, stürmten auf ihn zu und rüttelten ihn wütend. »Hört auf!«, schrie er, »Hört auf!«

»Du musst aufstehen!«, rief Angelika, nachdem sie ihn mühsam wachgerüttelt hatte. »Es ist jetzt 10 Uhr, um 13 Uhr beginnt deine Konferenz.«

Mühsam öffnete Reiter seine Augen. Das Letzte, woran er sich erinnern konnte, war, dass er sich noch eine Flasche Bier aus dem Kühlschrank geholt hatte.

»Was hast du nur geträumt?«, wollte Angelika wissen. »Du hast zuletzt „Hört auf“ gerufen.«

»Verdammt, ich hatte einen fürchterlichen Albtraum«, murmelte Herbert und richtete sich auf. »In meinem Alter sollte man wohl keine Konferenzen mehr planen.«

»Hast du von der Konferenz geträumt?«, fragte sie.

»Ja, das habe ich«, murmelte Reiter. »Vielleicht war es aber auch eine Zukunftsvision, wie sie manche Hellseher haben. Auf jeden Fall sollte ich vor dem Einschlafen keinen Zaubertrank mehr trinken.«

Angelika sah ihn verständnislos an.

»Trink erst einmal einen Kaffee, *dieser* Zaubertrank bringt dich in die Realität zurück«, sagte sie und stellte ihm eine herrlich duftende Tasse Kaffee auf seinen Nachttisch. »Und geh' dann erst einmal unter die Dusche, du bist ja nass geschwitzt.«

Du sollst kein falsches Zeugnis…

»Na, wie war deine erste Konferenz?«, wollte Angelika wissen, nachdem Herbert zu Hause angekommen war.

»Nun ja, meine erste Konferenz war es ja nicht. Alles gut! Mehr oder weniger fühlte ich mich wie ein altes Zirkuspferd, das wieder in die Manege gebracht wird. Ich konnte immer noch jede Hürde nehmen«, antwortete Herbert. »Es war viel besser, als ich es heute Nacht geträumt habe. Kein Tumult, kein Aufstand, eben alles gut.«

»Na, siehst du!«, sagte Angelika. »Manchmal machst du dir zu viele Gedanken, die schlagen sich dann eben auch in deinen Träumen nieder.«

»Danke für deinen tiefenpsychologischen Exkurs«, knurrte er zurück.

Angelika hatte wie immer eine Kanne Kaffee vorbereitet. Sie stellte die Warmhaltekanne auf den Küchentisch und holte zwei große Stücke Käsekuchen aus dem Kühlschrank.

»Kalorienbombe!«, raunzte er. »Ich will doch abnehmen, wie du weißt.«

»Eine Ausnahme ist nach einem anstrengenden Tag erlaubt«, beruhigte ihn Angelika.

»Na, wenn du meinst«, antwortete Herbert und stopfte ein großes Stück in seinen Mund.

»Nur eines macht mir Sorgen«, setzte er fort, nachdem er geschluckt und mit Kaffee nachgespült hatte. »Ein Kollege sprach mich nach der Konferenz unter vier Augen an. Er berichtete mir, dass im vergangenen Jahr bei einigen Ausbildungsbetrieben das Gerücht kursierte, dass Bewerber geschönte – oder besser: gefälschte – Abschlusszeugnisse vom GKBK vorgelegt hatten.«

»Das kann man doch schnell überprüfen«, konterte Angelika. »Du musst doch nur die vorgelegten Zeugnisse mit den vorhandenen Zeugnislisten abgleichen – und fertig ist's.«

»So einfach ist das nicht!«, gab Herbert zurück. »Da steht der Datenschutz vor. Natürlich würde es auf dem informellen Weg gehen, aber den gehen manche Kollegen nicht mit. Und wir können unsere ehemaligen Schüler nicht zur Schule einladen, um ihre Zeugnisse zur Kontrolle vorzulegen.«

»Wenn das so ist, dann ist es schwierig«, stimmte Angelika zu. »Aber so, wie ich dich kenne, wird dir schon etwas einfallen«, sagte sie, während sie die Teller vom Küchentisch räumte.

»Die besten Ideen kommen mir immer im Garten«, grinste Herbert. »Ich mähe mal eben den Rasen, und dann lege ich mich kurz aufs Ohr.«

»Jaja, der Herr gibt's den Seinen im Schlaf«, frotzelte Angelika.

»Guten Morgen«, sagte Reiter zu Sandra Berger, als er das Büro betrat. Frau Berger warf einen Blick auf die Wanduhr. Es war fast 11 Uhr.

»Maaahlzeit, Chef«, antwortete sie schnippisch.

Herbert konnte sich ein Grinsen nicht verkneifen. Er wusste, dass sie schon seit 7 Uhr am Schreibtisch saß und auf ihren Feierabend zusteuerte.

»Wissen Sie eigentlich, wie man ihren Nachnamen buchstabiert?«, wollte er wissen.

Sandra sah ihn verständnislos an. »Das sollte ich noch hinbekommen«, meinte sie. »B-E-R-G-E-R, wie Berg, nur mit „er" hintendran.«

»Falsch, absolut falsch«, rügte Herbert. »Ich sag' Ihnen einmal, wie es richtig geht: Z-I-C-K-E. Wie Zacke nur mit i.«

»Boa, das ist frech«, entrüstete sich Frau Berger und warf eine Kugel aus zerknülltem Papier in seine Richtung, jedoch ohne ihn zu treffen.

»Spaß muss sein«, grinste Herbert, der sich sicher war, dass seine Sekretärin den Spaß verstanden hatte.

»Aber jetzt im Ernst«, setzte er fort. »Bitten Sie Herrn Hoffmann zu einem Gespräch mit mir.«

Wenige Minuten später traf der Schulverwaltungsassistent Hoffmann im Schulleitungsbüro ein. »Was kann ich für Sie tun?«, fragte er, nachdem er zusammen mit Herbert am Konferenztisch Platz genommen hatte.

»Es geht um Folgendes«, begann Herbert. »Es hat wohl im vergangenen Jahr Verdachtsfälle wegen gefälschter Zeugnisse gegeben, so wurde mir berichtet.«

»Ja, davon habe ich auch gehört«, bestätigte Hoffmann. »Aber das ist schwer nachzuweisen, wegen des Datenschutzes.«

Reiter freute sich über den für Ruhrgebietsverhältnisse korrekt gebrauchten Genitiv. »Ja, genau, wegen des Datenschutzes, so ist es.«

Er verschränkte seine Arme hinter seinem Kopf. »Deshalb habe ich mir etwas einfallen lassen, und dafür brauche ich Ihre Hilfe.«

Hoffmann schaute ihn erwartungsvoll an. Er war für die Zeugnisschreibung verantwortlich, was an einem Berufskolleg eine umfangreiche Aufgabe ist. Anders als bei Allgemeinbildenden Schulen gibt es für jeden Bildungsgang eigene Zeugnisformulare – bei einer Schule mit mehr als 40 verschiedenen Bildungsgängen sind es eben mehr als 40 unterschiedliche Formulare mit jeweils unterschiedlichen Anforderungen.

Herbert hatte nie verstanden, dass diese Formulare an allen Schulen des Landes schulspezifisch entwickelt und gepflegt wurden. Aus seiner Sicht wäre es eine enorme Entlastung für die Schulen, wenn die Vorlagen zentral in den Bezirksregierungen entwickelt und gepflegt werden würden.

»Und wie sieht die Hilfe aus?«, wollte Hoffmann wissen.

»Ich glaube, ich habe eine Lösung, mit der wir Zeugnisfälschungen auf die Schliche kommen können«, antwortete Reiter. »Wir drucken auf jedem Zeugnis eine Prüfziffer, die mithilfe einer einfachen Rechenregel aus den Einzelnoten berechnet wird.«

»Die Prüfziffer kann doch auch gefälscht werden«, wandte Hoffmann ein.

»Sicher, das kann sie«, gab Reiter zu. »Aber nicht – oder zumindest nur schwer – wenn die Rechenregel den Fälschern nicht bekannt ist.«

Er machte eine kurze Pause.

»Außerdem drucken wir die Prüfziffer klein und unauffällig auf die Zeugnisse. Wie ich unsere Schüler kenne, werden sie sich bei den Fälschungen auf die Einzelnoten konzentrieren und den Rest einfach kopieren.«

»Einen Versuch wäre es wert!«, sagte Hoffmann, der immer noch nicht an einen Erfolg der Aktion glaubte.

»Ja, das sehe ich auch so«, bestätigte Reiter. »Es ist besser als nichts zu tun. Außerdem bewegen wir uns so im Hinblick auf den Datenschutz auf der sicheren Seite.«

»Und wie können die Ausbildungsbetriebe die Richtigkeit der Prüfziffer feststellen?«, wollte Hoffmann wissen.

»Darüber habe ich lange nachgedacht«, gab Reiter zu. »Die Idee kam mir im Mittagsschlaf. Wir teilen allen unseren Ausbildungsbetrieben die „Grundformel" zur Erzeugung der Prüfziffer aus den Einzelnoten mit. Zudem legen wir einen geheimen Multiplikator fest, der aus diesem Grundwert die Prüfziffer bildet. Dieser Multiplikator wird nur den Personalabteilungen telefonisch und vertraulich mitgeteilt.«

»Da kann es schnell zu einem Datenleck kommen«, zweifelte Hoffmann.

»Ja, sicher, das kann passieren. Ich glaube aber, dass die Betriebe ein großes Interesse an der Aufdeckung von Fälschungen haben. Deshalb werden sie Wert auf Geheimhaltung des Multiplikators legen.«

»Wie gesagt, einen Versuch ist es sicher wert«, sagte Hoffmann. »Können wir das alles einmal an einem Beispiel durchprobieren?«

»Genau! Das machen wir«, sagte Reiter und holte einen Schreibblock von seinem Schreibtisch.

»Wir programmieren in der Tabelle, in die wir die Einzelnoten eintragen, eine Formel, die den Grundwert der Prüfziffer berechnet und diese dann mit unserer Geheimzahl multipliziert.«

»Ein konkretes Beispiel wäre mir lieber«, mahnte Hoffmann an.

»Gut, nehmen wir ein Zeugnis mit acht Noten in der Reihenfolge 4-4-5-4-4-4-3-2«, erklärte Reiter und schrieb die Noten untereinander.

»Kein gutes Zeugnis«, kommentierte Hoffmann. »So eines hätte ich als Schüler auch gerne geschönt.«

»Ja, das hätte ich auch gerne getan«, grinste Reiter. »Aber mit exakt diesen Noten musste ich mich auf meinem Abschlusszeugnis der Realschule begnügen.«

Er sah Hoffmann lächelnd an. »Man sieht, ein gutes Zeugnis ist nicht alles im Leben, man kann trotzdem noch etwas werden. Die „Zwei" hatte ich übrigens im Fach Musik, und die „Fünf" in Mathematik. „Befriedigend" war ich in Physik, wenn ich mich recht erinnere. Aber lassen wir das.«

»Wie geht es weiter?«, wollte Hoffmann wissen.

»Nun multiplizieren wir die Noten in der Reihenfolge ihres Drucks mit den ersten Primzahlen ab 7, also 7, 11, 13, 17, 19 und so weiter«, dozierte Herbert. »Also: Erste Note 4, mal 7 ist 28«, erklärte er und notierte die Zahl 28. »Die nächste Note ist ebenfalls vier, also 4 mal 11 ist 44«, rechnete er vor und schrieb die Zahl 44 unter den Eintrag 28.

»Jetzt kommt die 5 in Mathe«, grinste er. »5 mal 13 ist nach Adam Riese und Eva Zwerg 65.«

Er schrieb die errechnete Zahl unter die beiden anderen und setzte seine Eintragungen zu den weiteren Noten kopfrechnend fort.

»522!«, stellte er fest, nachdem er die Zahlen addiert hatte. »Das ist der Grundwert für die Prüfziffer.«

Hoffmann hatte den Ablauf verstanden. »Nur warum so kompliziert mit den Primzahlen?«, wollte er wissen.

»Erstens kommen die Fälscher nicht darauf«, klärte Reiter ihn auf, »und zweitens können wir dann leichter lokalisieren, bei welcher der Noten „geschönt" wurde.«

Hoffmann nickte. »Das ist in der Tabelle mit einfachen Mitteln zu programmieren«, sagte er. »Und jetzt noch die Geheimzahl?«

»Ja, die legen wir willkürlich fest«, erklärte Reiter. »Nehmen wir zum Beispiel „6" – es kann aber auch jede andere Zahl sein.«

$$4 \cdot 7 = 28$$
$$4 \cdot 11 = 44$$
$$5 \cdot 13 = 65$$
$$4 \cdot 17 = 68$$
$$4 \cdot 19 = 76$$
$$4 \cdot 23 = 92$$
$$3 \cdot 29 = 87$$
$$2 \cdot 31 = \underline{62}$$
$$522 \cdot 6$$
$$3132$$

Er notierte die Zahl 6, neben seinem Rechenergebnis. »Das bekomme ich auch noch im Kopf hin«, verkündete er und starrte kurz an die Decke. »3132«, sagte er und schrieb die Zahl auf. »3132 ist also die Prüfziffer, die auf ein Zeugnis mit genau diesen Noten in exakt dieser Reihenfolge gedruckt wird.«

Er legte seinen Stift beiseite.

»Wenn ein Firmenchef oder ein Angestellter der Personalabteilung anruft, teilen wir ihm die Schlüsselzahl 6 mit. Er dividiert dann die auf dem Zeugnis ausgedruckte Zahl mit dem Schlüssel und kann dann durch die einfache Rechnung überprüfen, ob das Zeugnis echt ist oder nicht.«

»Und wenn das Ergebnis abweicht?«, wollte Hoffmann wissen.

»Dann ist das Zeugnis gefälscht – oder gefakt, wie man heutzutage sagt. An der Größe der Abweichung kann dann auch noch in etwa abgeschätzt werden, welche Einzelnoten gefälscht wurde.«

Klemens Hoffmann rechnete noch einmal nach. »Stimmt alles!«, bestätigte er. »Ich schreibe die Formel in die Notentabelle und lasse das Ergebnis in die Fußzeile der Rückseite der Zeugnisse in kleiner Schriftgröße eindrucken.«

»Super!«, kommentierte Reiter. »Hoffen wir, dass es funktioniert.«

»Nur eines ist schade«, ergänzte er. »Schade ist, dass wir die unentschuldigten Fehlzeiten auf den Zeugnissen nicht erwähnen dürfen. Die Fehlstunden könnten wir schön zur Prüfziffer addieren.«

»Das würde aber in einigen Fällen dazu führen, dass die Prüfziffer fünfstellig werden würde!«, kommentierte Hoffmann grinsend, als er Reiters Büro verließ. »Mindestens!«

Im Sekretariat führte Pia Seidler eine umfangreiche Liste der Mailadressen aller relevanten Betriebe in der Region.

»Bitte leiten Sie diesen Text hier an alle Betriebe im Verteiler weiter«, sagte Reiter zu Frau Seidler und gab ihr ein Blatt mit dem Anschreiben an die Personalabteilungen der Unternehmen. »Und dann kommen Sie bitte mit Frau Berger zu mir, damit ich Sie beide einweihen kann«, ergänzte er geheimnisvoll.

Wenige Tage nach der Ausgabe der Abschlusszeugnisse, die in den Ausbildungsklassen sowie in den Abschlussklassen der Vollzeitbildungsgänge einige Wochen vor Ferienbeginn erfolgte, trafen die ersten Anrufe im Sekretariat ein. Die Personalabteilungen der Unternehmen hatten die Informationsmail der Schule erhalten und wollten nun sichergehen, dass die Zeugnisse nicht gefälscht waren.

Schon nach wenigen Anfragen wurden erste Abweichungen gemeldet. Es handelte sich um ein Zeugnis eines Informationstechnischen-Assistenten, der den dreijährigen Bildungsgang am GKBK mit Ach und Krach durchlaufen hatte. Es dauerte nicht lange, bis acht weitere Fälschungen festgestellt wurden – allesamt bei Schülern, deren Originalabschlusszeugnisse eher schwach waren.

»Ups«, sagte Klemens Hoffmann, als er die von Sandra Berger zusammengestellte Liste sah. »Da scheinen wir in ein Wespennest gestoßen zu haben.«

»Oder eine Schlangengrube«, bemerkte Reiter. »Wir haben nur ein Problem: So ohne Weiteres können wir die Absolventen nicht befragen, denn sie sind nicht mehr Schüler dieser Schule.«

»Was können wir tun?«, wollte Hoffmann wissen.

»Ganz einfach: Wir zeigen die Absolventen bei der Polizei an! Verdacht auf Urkundenfälschung. Das ist ein strafbewehrtes Delikt«, dozierte er.

»Sie kennen sich aber gut aus!«, bemerkte Hoffmann.

»Ja, mein Bruder Horst ist bei der Kriminalpolizei«, antwortete Reiter, »und ich werde dafür sorgen, dass er die Absolventen mit den gefakten Zeugnissen verhört. Er hat Erfahrung mit diversen Verhörtechniken, das könnten wir gar nicht leisten.«

Nach einigen kurzen Telefonaten hatte Reiter den weiteren Ablauf in „trockenen Tüchern".

Sein Bruder Horst hatte sich mit seinen Kollegen in Duisburg kurzgeschlossen und die Erlaubnis erhalten, als Kripobeamter aus Oberhausen die Verhöre in Duisburg durchzuführen.

Schon im dritten Verhör knickte der erste Absolvent ein. Er nannte Namen von drei Schülern aus der Mittelstufe der Informationstechnischen Assistenten, die ihre Dienstleistungen nicht nur am GKBK, sondern an allen Berufskollegs in der Region anboten. Die Aufhübschung der Zeugnisse kostete 50 Euro pro geänderter Note und Notenstufe.

»Das könnten auch Schüler aus dem Bereich Wirtschaft sein«, sinnierte Reiter, als sein Bruder ihn informierte. »Jede Leistung wird einzeln in Rechnung gestellt. Willst du mehr, dann zahlst du mehr. Das ist betriebswirtschaftliches Denken pur.«

Nach und nach hatte Horst Reiter auch die anderen Besitzer gefälschter Zeugnisse weichgekocht. Ihnen drohte nun ein Gerichtsverfahren wegen Beteiligung an einer Urkundenfälschung.

»Die Jungs von der Schule überlass' bitte erst einmal mir!«, bat Herbert seinen Bruder. »Danach kannst du strafrechtlich mit ihnen umgehen.«

Die Vorladung zur Teilkonferenz der Lehrerkonferenz erfolgte schnell. Reiter lud zusätzlich den zuständigen schulfachlichen Dezernenten Berkel zur Teilnahme ein. »Hoffentlich wird mir nicht wieder mein Auto zerkratzt«, hatte Berkel gesagt, als Reiter ihn anrief. Offensichtlich hatte er seinen letzten Besuch am GKBK noch in unschöner Erinnerung.

Die drei Schüler waren voll geständig. Sie hatten ihre Dienste seit zwei Jahren über Freunde, die am Umsatz beteiligt waren, an allen Berufskollegs der Umgebung angeboten. Die Originalzeugnisse wurden hochauflösend und in Farbe eingescannt. Dann erfolgte die wunschgemäße Änderung der Noten, wobei immerhin darauf geachtet wurde, dass Einzelnoten nicht um mehr als zwei Notenpunkte verbessert wurden. Anschließend wurde das Ergebnis auf einem Hochleistungs-Laserdrucker ausgedruckt. Das Zeugnispapier hatten Sie gestohlen, als die Papierlieferung im Flur vor der Hausmeisterloge zwischengelagert war.

Sie schätzten, dass sie innerhalb der zwei Jahre mehr als 150 Zeugnisse „bearbeitet" hatten.

»Also mindestens 7500 Euro, wahrscheinlich deutlich mehr«, rechnete Reiter nach. »Nicht schlecht, nicht schlecht.«

Die Beratung der Mitglieder der Teilkonferenz war eine Formsache.

»Sie werden mit sofortiger Wirkung von der Schule verwiesen«, verkündete Reiter trocken. »Außerdem bleibt die Strafanzeige wegen Urkundenfälschung weiter bestehen. Ich rate Ihnen, sich einen Rechtsanwalt zu nehmen.«

»Wir haben heute über acht gefälschte Zeugnisse verhandelt«, sagte Kampmann zu Berkel. »Was geschieht mit den anderen gefälschten Zeugnissen?«

»Ich werde alle Schulleitungen in der Umgebung dementsprechend informieren«, antwortete Berkel. »Die sollen dann die mit ihnen verbundenen Unternehmen informieren. Mehr können wir nicht tun. Wahrscheinlich werden wir nicht mehr viele der Betrugsfälle aufdecken können.«

»Haben Sie Ihren Wagen reparieren lassen?«, fragte Reiter den schulfachlichen Dezernenten auf dem Weg zum Parkplatz.

»Ja, das hat sich noch gelohnt, Geld in den Wagen zu investieren«, bestätigte Berkel. »Es hat nur einige Zeit gedauert, bis der Geruch der toten Ratte weg war. Die Kosten hat der Kollege getragen.«

»Was gerecht ist, ist gerecht«, sagte Reiter, ohne vor diesem Gemeinplatz zurückzuschrecken.

»Wie ergeht es Ihnen denn hier an der Schule?«, wollte Berkel wissen. »Haben Sie sich gut eingelebt oder bereuen Sie Ihre Reaktivierung?«

»Ach, wissen Sie«, sinnierte Reiter, »eigentlich ist alles so wie vorher. Ich hatte Sorgen, dass es mir schwerfallen würde, wieder in die alte Rolle zurückzufallen. Aber es ist – wie ich zu meiner Frau sagte – bei mir so, wie bei einem alten Zirkuspferd: Kaum wieder in der Manege – und schon führe ich wieder meine Kunststückchen vor.«

»Kunststückchen ist gut«, grinste Berkel, als er die Fahrertür seines Wagens öffnete. »Das mit der Prüfziffer war eher ein Meisterstückchen!«

»Und wie werden Sie vom Kollegium angenommen?«, wollte Berkel noch wissen.

»Ich glaube, die nehmen mich so, wie ich bin«, antwortete Reiter. »Etwas anderes hätte eh' keinen Sinn, denn mich verstellen kann und will ich nicht. Je älter man wird, desto klarer wird einem, dass es unmöglich ist, jemand anderes zu sein als der, der man immer schon gewesen ist.«

»Oh, Herr Kollege, philosophische Anwandlungen!«, spöttelte Berkel, als er sich auf dem Fahrersitz niederließ.

Reiter sagte »Vielen Dank und gute Heimfahrt!«, und verschwieg tunlichst, dass er diesen Satz in einem Kriminalfilm aus Schweden gehört hatte.

Auf dem Weg zurück ins Schulgebäude klingelte sein Handy.

»Ich bin's«, sagte Angelika. »Ich bin bei meiner Freundin Sigrid. Es kann später werden. Kannst du dir auf dem Heimweg etwas zu Essen besorgen?«

»Ja, das mache ich«, antwortete Herbert. Er wusste, dass ein Besuch bei Sigrid länger dauern konnte. Die beiden hatten immer irgendetwas zu bereden.

Auf der Fahrt nach Hause legte er einen Stopp an einem mobilen Currywurststand in Sterkrade ein. Herbert schätzte die dortige Currywurst sehr, denn es gab sie in acht verschiedenen Schärfegraden – von „normal" bis hin zu Stufe acht: „dem Tod in die Augen sehen".

Er entschied sich wie immer für den Schärfegrad vier „ein bisschen angeben", mit Pommes Frites, Mayonnaise und einer Cola.

»Hier essen oder mitnehmen?«, fragte der junge Mann im Verkaufswagen.

»Nee, auffe Hand«, antwortete Reiter mit Blick auf eine freie Parkbank in der Nähe.

»Macht fünfachtzich«, sagte der Verkäufer.

Herbert zog sein Portemonnaie heraus. Er hatte noch einen Zehn-Euro-Schein und einiges an Kleingeld.

»Warten Sie«, sagte er und wühlte im Münzfach der Geldbörse, bis er 80 Cent zusammen hatte. Er legte die 10 Euro 80 auf den Tresen des Verkaufswagens.

Der junge Mann starrte einen Augenblick auf das vor ihm liegende Geld und zog dann einen Taschenrechner aus seiner Jackentasche. Nachdem er die Zahlen etwas umständlich eingegeben hatte, verkündete er stolz. »Sie bekommen fünf Euro zurück.«

»Besser kann man die Bildungsmisere nicht demonstrieren«, dachte Reiter, als er auf der Bank saß, um sein Abendessen einzunehmen. »Und die Würzung hat der Kerl auch noch vergessen – die Wurst ist ja fade wie eine Oblate.«

Der Nicker

»Hallo Herr Kastner«, sagte Herbert am Telefon, nachdem Frau Berger ihn mit dem Schulamtsleiter der Stadt verbunden hatte. »Ich falle gleich mit der Tür ins Haus. Die Renovierung der Schülertoiletten! Es wird Zeit, dass endlich etwas geschieht. Es ist unglaublich, was wir unserem Nachwuchs auf diesem Gebiet zumuten.«

»Ist es denn wirklich so schlimm?«, wollte Kastner wissen. »Schließlich sind Sie an einem Berufskolleg, da sollte man doch erwarten dürfen, dass die Schüler …«

»Nein, das ist leider nicht zu erwarten. Die Toiletten sind unhygienisch und durch Vandalismus beschädigt.«

»Dann kennen Sie die Toiletten an den Grundschulen nicht«, konterte Kastner. »Sie müssten einmal sehen, wie schlimm es dort aussieht.«

»Mit Verlaub, das ist mir ziemlich egal, Herr Kastner. Unsere Schüler und insbesondere die Schülerinnen beschweren sich permanent. Einige Kollegen sind schon dazu übergegangen, in Notfällen den Schlüssel zur Lehrertoilette an Schülerinnen zu geben, weil diese sich weigern, die Schüleraborte zu nutzen.«

»Ehrlich gesagt: Ich habe auch keine Lösung«, stöhnte Kastner am anderen Ende der Leitung. »Der Rat der Stadt hat zwar Gelder für die Toilettenrenovierungen bewilligt, aber wir finden keine Handwerksbetriebe, die die Sanierungsarbeiten durchführen könnten.«

»Gibt es denn keine städtischen Betriebe mehr?«, wollte Reiter wissen.

»Nein, die sind abgeschafft. Kostengründe.«

»Aber im Westen der Stadt hat es offensichtlich geklappt«, sagte Reiter scharf. »Es ging ja durch die Presse, dass die Toiletten am dortigen Berufskolleg umfangreich renoviert wurden.«

Nach einer kurzen Schweigepause flüsterte Kastner ins Telefon »Dort wohnt ja auch der Oberbürgermeister. Da gibt es vielleicht einen kurzen Draht.«

»Den habe ich als Oberhausener bedauerlicherweise nicht«, antwortete Reiter. »Aber ich muss Ihnen klipp und klar sagen, dass ich selbst geeignete Maßnahmen ergreifen werde, wenn sich die Situation nicht verbessert.«

»Woran denken Sie?«, wollte Kastner wissen.

»Ooch, ich könnte die Schule beispielsweise schließen. Als Vorsichtsmaßnahme. Oder besser: als Präventionsmaßnahme.«

»Das können Sie nicht machen!«, wehrte Kastner ab. »Dann bekommen Sie Ärger mit dem Ministerium und mit der Bezirksregierung.«

»Ha!«, machte Reiter. »Sie glauben gar nicht, woran mir das alles vorbeigeht. Außerdem würde ich die Ministerin dann einmal zu einer Ortsbegehung inklusive Toilettennutzung einladen, dann würde ich wahrscheinlich einen Orden bekommen.«

»Herr Reiter, Sie wissen doch, dass ich voll auf Ihrer Seite stehe«, antwortete Kastner verzweifelt. Er wollte einen öffentlichen Eklat unbedingt vermeiden. »Ich verspreche Ihnen, dass ich Ihre Schule vorrangig behandeln werde, sobald sich ein Handwerksbetrieb findet.«

»Davon gehe ich aus!«, knurrte Reiter. »Ich bin es zudem auch leid, permanent vom Lehrerrat und von der Schülervertretung in dieser Frage bedrängt zu werden.«

»Ich tue mein Bestes«, seufzte Kastner, der die gleichen Probleme mit mehr als 150 anderen Schulen hatte.

»Das wird eh' nix!«, sagte die Schülersekretärin Pia Seidler, als Reiter ihr und ihrer Kollegin von dem Gespräch erzählte. »Das ist ein Thema, seitdem ich an dieser Schule bin. Und das bin ich seit über 15 Jahren.«

»Meine Kinder waren auf dem Haniel-Gymnasium«, ergänzte Frau Berger. »Dort zog sich das Problem durch ihre gesamte Schulzeit.«

»Denken wir positiv«, sagte Reiter ohne einen Funken innerer Überzeugung. »Hoffen wir einfach, dass das heutige Gespräch geholfen hat.«

Er ignorierte die skeptischen Blicke der beiden Damen und setzte sich wieder an seinen Schreibtisch, um den Maileingang abzuarbeiten.

Er hatte gerade die erste Mail beantwortet, als Sandra Berger ihn bei der Arbeit unterbrach.

»T'schuldigung, Chef«, sagte sie und blieb in der Tür stehen. »Ihre Hilfe wird gebraucht. Herr Kampmann hat von seinem Handy aus angerufen. Irgendetwas ist mit Herrn Borghorst im Raum C 221.«

Der Klassenraum C221 lag am anderen Ende des Gebäudes in der zweiten Etage. Im C-Trakt wurden vornehmlich die Klassen aus dem Fachbereich Metalltechnik beschult, weil dort auch die eingeschossige Metallwerkstatt angebaut war.

Reiter machte sich auf den Weg dorthin. Aus der Ferne hörte er schon lautes Gejohle. Udo Kampmann kam ihm auf dem Flur entgegen.

»Gut, dass Sie kommen«, begrüßte er Reiter, ein wenig außer Atem. »Es gibt wieder einmal ein Problem mit dem Kollegen Borghorst.«

»*Wieder* ein Problem?«, echote Reiter. »Gab es schon einmal welche?«

»Einmal ist gut«, antwortete Kampmann. »Es gibt andauernd Probleme!«

Reiter hatte bislang noch nichts Nachteiliges über einen Kollegen Borghorst gehört. Er konnte noch nicht einmal den Namen mit einem Gesicht in Verbindung bringen.

»Ich erzähle Ihnen das später«, sagte Kampmann. »Zuerst müssen wir hier aktiv werden.«

Die Tür zum Raum C221 war geschlossen, trotzdem schallte der Lärm durch das gesamte Gebäude. Wütend riss Reiter die Tür auf. »Was ist denn hier los?«, brüllte er. »Ruhe!«

Der Lärm verstummte schlagartig und die Schüler setzten sich ohne Aufforderung sofort auf ihre Plätze. Die Stille wurde nur noch durch ein paar unterdrückte Glucкser gestört.

Der Lehrer, Studienrat Borghorst, war – nicht da.

Reiter stellte sich vor die Schüler. Er war erfahren genug, um sofort festzustellen, dass es sich um eine eigentlich ganz ordentliche Klasse handelte. Er nannte das immer den „Lehrerblick", der ihn und seine erfahrenen Kollegen fast nie trog. Reiter schlug deshalb einen eher ruhigen Tonfall an. »Gut'n Morgen, Männer«, begann er. »Mein Name ist Reiter, ich bin hier der Schulleiter.«

»Guten Morgen«, riefen die Schüler fast im Chor. Einige glucksten immer noch vor sich hin, alle aber blickten ihn gespannt an.

»Was ist denn hier bei euch los?«, wollte Reiter wissen. »Und wo ist euer Lehrer?«

Unterdrücktes Lachen. Einige Schüler schauten erheitert aus dem Fenster.

Ehe einer der Schüler antworten konnte, klopfte es laut und deutlich. Reiter blickte zum Eingang, aber dort stand nur Kampmann in der offenen Tür und verfolgte das Geschehen im Klassenraum mit offenem Mund.

»Die andere Seite!«, rief ein Schüler in den Raum.

Reiter drehte sich um und blickte aus dem Fenster. Der Klassenraum grenzte an das Flachdach des Werkstattgebäudes, das man erreichen konnte, wenn man aus dem Fenster stieg. Und auf eben diesem Flachdach stand ein Mann im mittleren Alter und hämmerte verzweifelt gegen die Fensterscheibe. »Das wird dann wohl Studienrat Borghorst sein«, dachte Reiter. Er machte eine Kopfbewegung in Richtung des Fensters. Sofort sprangen einige Schüler auf, öffneten das Fenster und hoben ihren Lehrer in den Klassenraum.

Borghorst stand dort wie ein begossener Pudel. »Meine Tasche«, stammelte er. »Meine Tasche ist noch auf dem Dach.«

Die Schüler, die das Fenster geöffnet hatten, sahen Reiter fragend an. Er nickte kurz, und schon stieg ein kräftiger junger Mann durch das Fenster auf das Dach, um die dort liegende Naturledertasche hereinzuholen.

»Es hat wohl keinen Sinn, zu fragen, was hier vorgefallen und wer hier verantwortlich ist«, sagte Reiter zu den Schülern, als sich alle wieder hingesetzt hatten. Er war erfahren genug, um zu wissen, dass solche Befragungen dazu neigten, noch schlechter als das Hornberger Schießen auszugehen. Er hatte nicht die Absicht, sich lächerlich zu machen. Herbert Reiter setzte daher seinen Hebel anders an.

»Welche Ausbildung macht ihr?«, wollte er wissen.

»Zerspanungsmechaniker«, antwortete ein Schüler. »Drittes Ausbildungsjahr.«

»Drittes Jahr!«, echote Reiter. »Da sollte man eigentlich erwarten, dass ihr euch erwachsen benehmt. So kurz vor der Prüfung!«

»Ja, deswegen«, sagte der gleiche Schüler. »Bei Herrn Borghorst lernen wir nichts, wir könnten genauso gut zu Hause bleiben.«

Seine Mitschüler nickten beifällig. Herbert merkte, dass das Gespräch in die falsche Richtung lief. Das lief auf einen endgültigen Gesichtsverlust des Lehrers hinaus. Zudem wusste er, dass solche Vorfälle innerhalb weniger Stunden bei allen Ausbildungsbetrieben bekannt waren und dort ein allgemeines Kopfschütteln auslösten.

»Lassen wir das«, ignorierte Herbert die Antwort des Schülers. »Gleich ist Pause. Geht schon einmal in den Schüleraufenthaltsraum, alles andere klären wir später.«

Innerhalb weniger Sekunden hatte sich der Klassenraum geleert, nur Borghorst, Kampmann und Reiter blieben übrig.

»Was ist denn vorgefallen«, wollte Reiter von Borghorst wissen. »Wie um alles in der Welt sind Sie das Dach gelangt?«

Er hatte die Befürchtung, dass die Schüler ihn mit vereinten Kräften aus dem Fenster geworfen hatten – aber es kam schlimmer.

»Ich war kurz im Nebenraum, um ein Buch zu holen«, begann Borghorst und deutete auf die offene Tür zu einem kleinen Büroraum, der an den Klassenraum grenzte.

»Als ich wiederkam, war meine Tasche, die vorher auf dem Pult stand, weg.«

»Wo war sie?«, hakte Kampmann nach.

»Sie lag auf dem Dach!«, klagte Borghorst. »Die Schüler hatten sie aus dem Fenster geworfen.«

»Und wie kamen Sie auf das Dach?«, fragte Reiter.

Borghorst sah ihn ungläubig an.

»Na, ich wollte die Tasche doch wieder holen«, antwortete er harmlos. Reiter fiel der Unterkiefer herunter. Wie konnte jemand so dumm sein? Er selbst hätte in diesem Fall einen Schüler beauftragt, die Tasche wieder hereinzuholen, hätte dann zusammen mit ihnen über diesen gelungenen Scherz gelacht und dann weiter Unterricht gemacht.

»Sie sind also herausgeklettert, und dann haben die Schüler das Fenster geschlossen?«, fasste Reiter den Rest des Geschehens zusammen.

»Ja, ich bin auf einen Stuhl geklettert, der ist beim ersten Versuch umgefallen, dann aber konnte ich heraus.«

»Oh, Mann!«, dachte Reiter. »Unterricht mit Akrobatik- und Slapstickeinlagen!«

»Haben Sie heute noch Unterricht?«, wollte Reiter wissen. Er hatte keine Lust, das Gespräch weiter fortzusetzen.

»Nein, das war meine letzte Stunde für heute«, antwortete Borghorst wahrheitsgemäß.

»Dann gehen Sie erst einmal nach Hause«, schlug Reiter in versöhnlichem Ton vor. »Der Vorfall war sicher sehr aufregend und belastend für Sie.«

Borghorst packte seine Sachen zusammen, stopfte sie in seine Ledertasche und trollte sich.

»Sie deuteten vorhin an, dass die Probleme des Kollegen nicht ganz neu sind?«, eröffnete Reiter das Gespräch.

»Ja, das kann man wohl sagen«, stimmte Kampmann zu. »Kollege Borghorst ist erst vor knapp einem Jahr hierhin versetzt worden, aber es hat seitdem schon einige ähnliche Vorfälle gegeben.«

»Zum Beispiel?«

»Vor einigen Monaten wurde der Kollege auf dem Flur aufgefunden. Schüler hatten ihn auf einen Stuhl gefesselt und auf den Gang gestellt. Es war ein Riesen-Hallo, fast so wie heute.«

Reiter war fassungslos.

»Ein anderes Mal«, fuhr Kampmann fort, »wurde er mit Sekundenkleber an der Tafel festgeklebt.«

»So wie es die Klimakleber machen?«, wunderte sich Reiter.

»Ja, genau so!«, stimmte Kampmann zu. »Unser Hausmeister hat ihn wieder abgelöst. Er hatte vom Klassenraum aus die Polizei angerufen und um Ratschläge gebeten, wie man den Kleber lösen kann. Die haben ihm dann auch wertvolle Tipps gegeben.«

»... und sich auf der Wache über „die Lehrer“ kaputtgelacht!«, ergänzte Reiter nachdenklich.

»Ein anderes Mal haben die Schüler sein Notenbuch und das Klassenbuch versteckt«, setzte Kampmann ungerührt fort. »Der Kollege verbrachte die gesamte Stunde damit, die Unterlagen zu suchen – sie lagen jedoch einfach in der Schublade des Pultes. Dort hat er natürlich nicht nachgeschaut. Das war wohl zu naheliegend.«

»Ich glaube, das reicht«, knurrte Reiter. »Noch mehr Fehlleistung ertrage ich heute nicht. Gab es die Vorfälle alle in dieser Klasse?«

»Nein, egal in welchem Bildungsgang der Kollege unterrichtet – immer wieder gibt es Probleme. Ich könnte noch ergänzen, dass ich den Kollegen seit dem Studium kenne«, setzte Kampmann unbeirrt fort. »Wir haben einige Pädagogik-Seminare zusammen besucht.«

»Ach, das ist ja interessant«, antwortete Reiter. »Wie war es denn damals mit ihm?«

»Nicht anders als heute«, antwortete Kampmann grinsend. »Wir nannten ihn „der Nicker".«

»Der Nicker?«, wollte Reiter wissen.

»Ja«, feixte Kampmann. »Während der Seminare rollte er immer mit den Augen, wenn die Professoren etwas Substanzielles sagten. Er rollte mit den Augen, sah zur Decke und wieder zurück, so, als würde er intensiv nachdenken. Und dann nickte er. Immer. Der Nicker eben. Bloß verstanden hat er nichts – sein knapp bestandenes Examen war mehr oder weniger ein Gnadenakt der Professoren.«

»Oder sie wollten ihn loswerden«, ergänzte Reiter.

»Oder das«, stimmte Kampmann zu. »Manche Dinge ziehen sich wie ein roter Faden durch ein Leben – bei ihm ist der das Loosen, wie unsere Schüler sagen würden.«

»Ich frage mich, wie solche Kollegen durch das Referendariat kommen und dann auch noch auf Lebenszeit verbeamtet werden«, sinnierte Reiter. »Sitzen sie einmal im Sattel der Unkündbarkeit, verderben sie viele Generationen von Schülern.«

»Mich wundert das in diesem Fall nicht«, klärte Kampmann ihn auf. »Seine Mutter ist Leiterin eines Berufskollegs und sein Vater sitzt im Ministerium, natürlich in der Schulabteilung.«

Reiter sah seinen Kollegen erstaunt an »Sie wollen doch damit nicht sagen, dass ...?«

Kampmann nickte vieldeutig. »Ja, klar. Seine Eltern wollten doch, dass er Lehrer am Berufskolleg wird. Das hat er selbst mir damals gesagt. Die haben sicher genug gute Beziehungen. Wäre es nach ihm gegangen, dann wäre er Bibliothekar geworden. Oder Finanzbeamter, Hauptsache: Nichts mit Menschen.«

»Naja«, murmelte Reiter. »Offensichtlich kann er sich gut selbst einschätzen. Das ist ja wenigstens etwas.«

Langsam bewegten sich die beiden zurück zu Reiters Büro.

»Ich glaube, Sie würden sowohl uns als auch dem Kollegen sehr helfen, wenn Sie ein Einsatzgebiet fänden, das ihm eher gerecht wird als das Unterrichten«, sagte Kampmann, als sie vor der Bürotür standen.

»Nicht nur uns, Herr Kollege, nicht nur ihm und uns«, ergänzte Reiter. »In erster Linie würden wir den Schülern helfen. Und dem Ansehen der Schule bei den Ausbildungsbetrieben.«

»Apropos«, hakte Kampmann ein. »Was machen wir mit der Klasse? Soll ich Ordnungsmaßnahmen einleiten? Ich bin ja selbst Mitglied der Teilkonferenz.«

Reiter überlegte einen Augenblick. »Nein, hüllen wir das heutige Geschehen in den Mantel des Schweigens«, entschied er schließlich. »Kollektive Ordnungsmaßnahmen sind nicht statthaft und Einzeltäter werden wir nicht ermitteln oder zur Verantwortung ziehen können. Machen wir einfach einen Haken daran. Kein Aufsehen! Ich werde noch einmal ein Gespräch mit der

Klasse führen – von Ehrenmann zu Ehrenmännern, wenn Sie verstehen.«

Kampmann nickte verständnisvoll und lenkte seine Schritte in Richtung des Lehrerzimmers.

Reiter ging in sein Büro und holte Borghorsts Personalakte aus dem Tresor.

Entsetzt las er, dass das GKBK bereits die sechste Schule war, an der Borghorst als Lehrer arbeitete.

Seine Zeugnisse und die dienstlichen Beurteilungen waren alle an der unteren Grenze, aber noch so gerade eben ausreichend, um seinen Verbleib im Schulbetrieb zu rechtfertigen. Es war ein Bild des Jammers.

Zuletzt hatte Borghorst an einem Berufskolleg im Norden der Stadt gearbeitet, bevor er zum GKBK versetzt wurde. Reiter kannte den dortigen Schulleiter, Marcel Rupprecht, noch aus seiner Zeit in Essen.

»Hallo Marcel«, sagte Reiter ins Telefon. »Herbert Reiter hier.«

»Ja, hallo Herbert«, sagte Rupprecht, dessen Grinsen förmlich durch das Telefon hörbar war. »Ich habe schon gehört, dass du wieder im Dienst bist. Offensichtlich in der geriatrischen Abteilung des Schulwesens. Mein Glückwunsch auch!«

»Danke für dein Mitgefühl«, gab Reiter zurück, der die Ironie deutlich verstand.

»Kommst du denn mit deinem Rollator die Treppen bei dir im Haus hoch?«, setzte Rupprecht noch einen drauf. »Oder hat man für dich einen Aufzug eingebaut?«

»Ach, Marcel, du kennst doch die Situation in der Stadt«, konterte Herbert. »Für einen Aufzug hat die Stadt kein Geld. Nein, nein, ich lasse mich zusammen mit dem Rollator täglich von einem Feuerwehrkran ins Haus hieven. Das ist auch für die Schüler immer wieder ein interessanter Augenblick, ein Highlight des Tages sozusagen.«

»Und den Schriftverkehr bekommst du in Großdruck?«, trieb Rupprecht es weiter. »Hast du eine Assistenz, wenn du dich durch das Gebäude bewegst?«

»So viele wichtige Fragen!«, sagte Herbert. »Aber tatsächlich: den Schriftverkehr bekomme ich in Großdruck und zusätzlich in Einfachdeutsch, weil ich schon ein bisschen dement bin. Eine Assistenz brauche ich jedoch nicht, weil ich mich nicht aus dem Büro heraus bewege. Ich würde mich ja sonst verirren.«

Beide lachten lauthals los.

»Jetzt im Ernst«, kam Reiter zum Kernthema seines Anrufs. »Kennst du einen Kollegen namens Borghorst und wenn ja – was kannst du über ihn sagen?«

Augenblicklich wurde auch Rupprecht ernst. »Hör bloß auf mit dem!«, sagte er. »Der hat hier alles durcheinandergebracht, bis ich mich weigerte, ihn weiter im Unterricht einzusetzen. Deshalb wurde er vor knapp einem Jahr an deine Schule versetzt. Was soll die Bezirksregierung auch anderes machen? Kündigen geht ja nicht.«

»Und jetzt habe ich ihn an den Hacken«, monierte Reiter und erzählte seinem Kollegen in Kurzfassung, was im Zusammenhang mit Borghorst alles passiert war.

»Es ist alles wie bei mir!«, lachte Rupprecht. »Nur so eine dolle Nummer wie mit dem Dach hatte ich noch nicht.«

»Hast du einen Rat für mich?«, wollte Reiter wissen.

»Nicht wirklich. Aushalten, abwarten, bis es nicht mehr geht, dann zur Versetzung vorschlagen. So wie unsere Kollegen vorher und ich es getan haben.«

»Bis es so weit ist, hat der Mann viel Porzellan zerschlagen«, monierte Reiter.

»Ja, das ist so!«, stimmte Rupprecht zu. »Aber viel Spielraum gibt es nun einmal nicht. Ich sage nur: Unkündbarkeit und keine Versetzung außerhalb eines Radius von 30 km ohne Zustimmung des Betroffenen. Das schränkt ein, und wie!«

»Ja, und wie!«, echote Reiter.

»Weißt du eigentlich, dass so ein Kollege wohl selten, aber kein Einzelfall ist? Die gibt es an allen Schulformen. In der Bezirksregierung bezeichnet man sie als „Wanderpokal", weil sie von Schule zu Schule wandern.«

»Flaschentausch fände ich passender«, gab Reiter zurück. »Einen Pokal bekommt man doch nur für gute Leistungen, denke ich.«

»Nee«, sagte Rupprecht, »das Wort „Flaschentausch" ist Schülern vorbehalten, die von einer Schule an die andere verwiesen werden. Da ist es ja immer ein Geschäft auf Gegenseitigkeit, deswegen auch -tausch.«

Reiter verstand.

»Ich habe da eine Idee«, schlug er vor. »Wir gründen eine neue Schule, in der die „getauschten Flaschen" nur von den „Wanderpokalen" unterrichtet werden. Dann haben wir alle unsere Ruhe.«

Wieder prusteten beide lauthals los.

»Weißt du was?«, fragte Reiter abschließend. »Ich rufe bei der Bezirksregierung an und schaue, was da noch zu machen ist. Letztlich muss man dem armen Mann doch helfen.«

»Das mit der Flaschen-Wanderpokalschule machen die bestimmt nicht«, frotzelte Rupprecht. »Aber etwas anderes kannst du ja versuchen.«

»Auf jeden Fall: Danke für die Informationen«, schloss Reiter das Gespräch. »Ich lade dich zum Dank einmal zu einer Currywurst ein!«

»Aber nur mit Pommes-Schranke!«, sagte Rupprecht. »Wann? Nächste Woche Dienstag, da habe ich Zeit. Im Landschaftspark Nord?«

»Gut, nächste Woche Dienstag«, stimmte Reiter grinsend zu. »Ich komme und zahle, wenn mich a) jemand daran erinnert, b) mich jemand dorthin führt und c) das Gebäude rollatorgerecht ist.«

»Supi, so wird's gemacht«, lachte Rupprecht und beide legten auf.

»Hallo Herr Berkel«, meldete sich Reiter bei seinem schulfachlichen Dezernenten am Telefon. »Wie geht es Ihnen?«

»Im Augenblick oder besser: bis soeben noch – ganz gut«, antwortete Berkel ahnungsvoll. Wahrscheinlich hatten sich die Vorfälle um den Lehrer Borghorst schon bis zu ihm durchgesprochen. Reiter wusste, dass es nahezu unmöglich war, jedwede Information intern zu halten. Ganz im Gegenteil: Er war immer wieder verwundert, darüber, wie erstaunlich gut die Dezernenten in Düsseldorf über die internen Abläufe der Schulen in ihren Zuständigkeitsbereichen informiert waren. Trotzdem tat er arglos.

»Das ist schön zu hören«, antwortete er. »Und ich hoffe, dass es Ihnen auch nach unserem Gespräch weiterhin gut geht.«

»Was kann ich für Sie tun?«

Herbert Reiter berichtete ihm von den zahlreichen Vorfällen in seinem Haus mit und um den Lehrer Borghorst.

Berkel hörte zu, ohne ein Wort zu sagen.

»Sie können sicherlich verstehen, dass ich in Zukunft gerne auf die Mitarbeit des Kollegen verzichten würde«, schloss Reiter seine Ausführungen. »Und ich bitte Sie, zum Schutz aller Beteiligten etwas zu unternehmen.«

»Sie wissen, dass unsere Möglichkeiten begrenzt sind«, gab Berkel unumwunden zu. »Leider haben wir schon alle Berufskollegs in der Umgebung durch – alle mit dem gleichen Endergebnis. Ich weiß nicht, wohin man den Kollegen noch versetzen könnte, wenn man legal bleiben möchte – und das will ich.«

Reiter erinnerte sich an das Gespräch mit Kampmann. »Nichts mit Menschen«, hatte der gesagt.

»Ich habe einen Vorschlag«, begann er. »Nach meinem Kenntnisstand ist der Vater des Kollegen ein hoher Beamter im Ministerium. Wie wäre es, wenn Sie einmal ein vertrauliches Gespräch mit ihm führten? Vielleicht findet sich ja eine Beförderungsstelle nach A14 irgendwo im Ministerium, vielleicht in einer Lehrplankommission, auf die sich der Kollege dann bewerben kann. Wir nehmen wohlwollend Stellung dazu – und gelöst ist das Problem.«

»Aber nur für uns!«, schränkte Berkel ein.

»Ich weiß ja nicht, ob es im Ministerium auch Wanderpokale gibt«, sagte Reiter, der sich das Loslachen mühsam verkneifen musste.

»Wander- was?«, fragte Berkel. Reiter merkte, dass sein telefonisches Gegenüber nur zu genau wusste, was gemeint war. »Aber versuchen könnte ich es einmal, natürlich nur, um die Berufsgesundheit des Kollegen zu bewahren. Das ist ja meine Fürsorgepflicht.«

»Ge-nau«, stimmte Reiter zu.

Die Mühlen der Bezirksregierung mahlen im Normalfall langsam, aber gründlich. In diesem Fall jedoch ging es atemberaubend schnell. Nach zwei Wochen war eine Beförderungsstelle in der Lehrplankommission des Ministeriums ausgeschrieben, Schwerpunktbereich: Vorworte für neue Lehrpläne formulieren, alles druckfertig bearbeiten und Literaturlisten zusammenstellen.

»Eine gute Stelle! Da kann keiner etwas kaputt machen«, sagte Reiter zu Berkel. »Vorworte liest kaum jemand, geschweige denn Literaturlisten. Und es entspricht exakt dem Kompetenzprofil des Kollegen. Glückwunsch, gut gemacht, Herr Berkel!«

»Nun müssen wir nur noch eine Lehrprobe und ein Kolloquium durchführen«, schränkte Berkel ein, obwohl er sich über Reiters dickes Lob freute.

»Ich denke, das schaffen wir schon«, beruhigte ihn Reiter. »Was ich nicht verstehe, ist, dass für die Versetzung auf eine Verwaltungsstelle noch ein Unterrichtsbesuch erforderlich ist.«

»Beamtenrecht«, antwortete Berkel knapp. »Was wir uns auf keinen Fall leisten dürfen, ist ein Verfahrensfehler.«

»Na gut, dann bringen wir es hinter uns.«

Nach vier Wochen endete die Bewerbungsfrist. Borghorst war erwartungsgemäß der einzige Bewerber auf die ausgeschriebene Stelle. Reiter und Berkel hatten ihm im Vorfeld mehrfach gut zugeredet. Letztlich ausschlaggebend war aber wohl die Meinungen der Eltern, mit denen Berkel ebenfalls eindringlich geredet hatte. Wahrscheinlich wollte Borghorst, der noch bei seinen Eltern wohnte, weitere häusliche Auseinandersetzungen vermeiden.

»Vielleicht ist ihm mit dem Entzug des Internetzugangs gedroht worden«, unkte Reiter.

Die Lehrprobe war eine einzige Katastrophe. Reiter hatte die Klasse vorab dringlich gebeten, den Kollegen in der Unterrichtsstunde zu unterstützen, und diese hatten gelobt, dies zu tun. Borghorst hatte eine Stunde über die Auswahl der Schnittgeschwindigkeit beim Drehen geplant

»Haben wir schon gehabt«, sagten die Schüler nach seinen ersten Sätzen. »Das können wir alles schon.«

Reiter und Berkel, die hinten im Klassenraum saßen, sackten in sich zusammen. Im Lügen waren die Jungs eben nicht gut.

Borghorst geriet deutlich neben die Spur und fing an zu stottern.

Offensichtlich erinnerten sich in diesem Augenblick die Schüler an ihr Gelöbnis. Ein Schüler wandte sich kurz zu den beiden Beobachtern um, kniff einmal mit dem Auge und meldete sich.

»Aber geübt haben wir noch nicht«, sagte er. »Es geht auf die Prüfung zu, da müssen wir das doch üben!«

Borghorst brauchte etwas Zeit, um zu verstehen. »Ach ja, üben«, stimmte er zu. Im Klassenraum lag ein Stapel mit Heften, die Multiple-Choice-Aufgaben zu den wichtigsten Themenbereichen der Metalltechnik enthielten. Es brauchten immer nur Lösungsvorschläge, die mit 1 bis 5 durchnummeriert waren, angekreuzt werden. Borghorst bewahrte den Lösungsbogen immer in seiner Naturledertasche auf – das wussten die Schüler.

Einer der Schüler sprang auf und teilte die Bücher an seine Mitschüler aus. Dann ging er zur Tafel und schrieb „145 bis 196" an die Tafel – das waren offensichtlich die Aufgabennummern, die zu dem gewählten Themenbereich zu bearbeiten waren.

Die Schüler waren nun bis fünf Minuten vor Unterrichtsende mit der Lösung der Aufgaben beschäftigt. Borghorst verbrachte die Zeit damit, nervös an seinem Pult die Eintragungen ins Klassenbuch zu machen und insgesamt geschäftig zu wirken. Reiter und Berkel blieb nichts anderes übrig, als Löcher in die Luft zu starren.

Zum Schluss verkündete er die richtigen Lösungen. »Aufgabe 145: Lösung: Antwort Nummer drei, Aufgabe 146: Lösung zwei …« Exakt bei Bekanntgabe der Lösung der Aufgabe Nummer 196 ging der Pausengong.

»Männer, das habt ihr gut gemacht«, rief Reiter den Schülern zu, als er zusammen mit Berkel den Klassenraum verließ.

Im Kolloquium mieden Berkel und Reiter alle Themenbereiche, die irgendetwas mit Pädagogik und Unterricht zu tun hatten. Sie beschränkten sich rein auf einfache

Verwaltungsfragen. Stellenweise belehrte Berkel den Kandidaten, wenn dieser Unsicherheiten zeigte. Borghorst hörte in diesen Fällen sichtbar angestrengt zu, rollte mit den Augen und nickte dann deutlich mit dem Kopf. »Jetzt weiß ich's aus eigener Erfahrung, warum er im Studium der „Nicker" war«, dachte Reiter, hütete sich aber, sein neu erworbenes Wissen mit Berkel zu teilen.

In der dienstlichen Beurteilung wurden seine Flexibilität bei der Unterrichtsgestaltung hervorgehoben, seine angenehme Zurückhaltung in der Schülerarbeitsphase, die große Gewissenhaftigkeit bei der Wahrnehmung der Verwaltungsaufgaben, die umfassende Förderung der Schülereigenverantwortung und natürlich auch die atomuhrgleiche Einhaltung der Unterrichtszeit.

»Geeignet für die ausgeschriebene Funktionsstelle«, schrieb Berkel unter seine dienstliche Beurteilung.

Schon nach vier Wochen war Borghorst Mitarbeiter im Ministerium.

»Wie hast du das nur hinbekommen?«, wollte Rupprecht wissen und stocherte mit der Plastikgabel nach dem nächsten Stück Currywurst.

»Ach, weißt du«, antwortete Reiter lachend, nachdem er einen Schluck aus der Colaflasche genommen hatte, »es war eigentlich ganz einfach. In Borghorsts Unterricht hatte ich meinen Rollator nicht dabei, deshalb konnte ich nicht aus dem Raum flüchten. Im Kolloquium hatte ich mein Hörgerät abgelegt und meine Brille vergessen, außerdem war ich todmüde im Mittagskoma. Und dank meiner beginnenden Demenz habe ich eh' alles Weitere vergessen.«

»Hoch lebe das Alter«, sagte Rupprecht und tunkte ein Stück Pommes in die rot-weiße Schranke.

»Weißt du eigentlich, wie Borghorst mit Vornamen heißt?«, fragte Reiter nach einem weiteren Schluck Cola.

»Nö, keine Ahnung«, gab Rupprecht zu.

»Peter. Peter ist sein Vorname. Wie der beim Peter-Prinzip: Jemand wird so lange befördert, bis er die Stufe seiner Inkompetenz erreicht hat. Als Nachname wäre „Vollhorst" sicher mehr geeignet.«

»Alte Lehrerregel!«, entrüstete Rupprecht sich künstlich. »Keine Scherze mit Namen! Aber letztlich: du und Berkel, ihr habt alles richtig gemacht.«

»Ich habe heute schon eine Currywurst mit Pommes gegessen«, sagte Herbert zu Angelika, als er wieder zu Hause war. »Großen Hunger habe ich nicht mehr.«

»Habe ich auch nicht«, entgegnete Angelika. »Wir können ja auf die Kirmes gehen und eine Bratwurst oder einen Backfisch als Abendbrot essen.«

In Schmachtendorf, wo Herbert und Angelika wohnten, fand die alljährliche Kirmes statt.

»Gute Idee«, stimmte Herbert zu. »Lass' uns dorthin laufen, dann arbeiten wir ein paar der Kalorien gleich wieder ab.«

»Wenn es darum ginge«, frotzelte Angelika mit Blick auf Herberts Bauch, »dann müsstest du mindestens bis nach Hamburg laufen, um deinen Kalorienvorrat zu verbrauchen.«

»Höchstens bis nach Münster!«, grinste Herbert und öffnete die Haustür.

Ein wichtiges Geschäft

»Hier die Firma Fixiklo, mein Name ist Berghausen. Was kann ich für Sie tun?«, meldete sich eine freundliche Stimme am Telefon.

»Hallo, Reiter ist mein Name«, antwortete Reiter vom Telefon in seinem Büro in der Schule. »Ich habe gestern auf der Schmachtendorfer Kirmes mit einem ihrer Mitarbeiter gesprochen, der hat mir Ihre Telefonnummer gegeben.«

»Um was geht es?«, wollte die Angerufene wissen.

»Ich habe Interesse an der Miete einiger ihrer mobilen Toiletten«, antwortete Reiter. »Ich habe diese Häuschen gestern auf der Kirmes gesehen.«

»Das ist schön. Wollen Sie die für eine Party mieten oder für eine Großveranstaltung?«, fragte die Mitarbeiterin der Firma routiniert nach.

»Weder noch«, antwortete Reiter wahrheitsgemäß. »Ich möchte sie auf einen Schulhof stellen.«

»Eine Abschlussfeier also«, schloss Frau Berghausen.

»Nein, keine Abschlussfeier. Ich möchte die Toiletten für etwas längere Zeit als Ersatz für die Haustoiletten nutzen«, erklärte Herbert.

»Wie lange denn?«, fragte die Mitarbeiterin ungerührt weiter. Wahrscheinlich waren ihr im Laufe der Zeit schon ähnlich abstruse Anfragen gestellt worden.

»Das kommt darauf an«, zögerte Reiter. »Ich sag' erst einmal: mindestens für eine Woche.«

»Für einen längeren Zeitraum sind unsere Fixi-Klos nicht so gut geeignet«, entgegnete die freundliche Stimme. »Ich rate Ihnen zur Miete eines Toilettenwagens, mit Herren- und Damentoilette und Waschbecken. Sie benötigen nur einen Wasseranschluss.«

»Damen- und Herrentoilette, das ist gut. Braucht man heutzutage nicht noch etwas für dazwischen oder daneben? Zwischen Mann und Frau, meine ich, oder daneben oder wie man so sagt.«

»Nein, noch gibt es keine verbindlichen Vorschriften dafür«, antwortete Berghausen ohne jegliche stimmliche Regung. »Mit unseren mobilen Toiletten sind Sie rechtlich auf jeden Fall auf sicheren Seiten. Aus Sicht der Hygiene sowieso.«

»Was kostet der Spaß?«, hakte Reiter nach.

»Pro Woche, also Montag bis Montag, 400 Euro. Inklusive Betreuungsperson für 2 Stunden wochentäglich, jedoch exklusive Toilettenpapier, Seife und Handtücher«, rechnete die Mitarbeiterin ihm vor. ». Jede Wochenstunde kostet 100 Euro mehr. Am Wochenende wird ja wohl niemand benötigt, denke ich.«

»So ist es.« Herbert hatte schnell mitgerechnet. Ein Toilettenwagen mit vier Stunden Betreuung pro Tag würde die Schule 600 Euro für eine Woche kosten. Papier, Seife und Papierhandtücher waren im Lager reichlich vorhanden. Die Schule hatte – wohl auch wegen fehlender Leitung – sparsam gewirtschaftet, sodass das Konto für Sonderausgaben gut gefüllt war.

»Also, abgemacht«, sagte Herbert. »Ich miete einen solchen Wagen erst einmal für zwei Wochen. Betreuung benötige ich in der Zeit von 9 Uhr bis 13 Uhr, das ist unsere Kernunterrichtszeit.« »Das macht dann zusammen 1200 Euro, inklusive Mehrwertsteuer«, bestätigte

Frau Berghausen. »Wann sollen wir liefern, und wohin?«

»Schnellstmöglich«, antwortete Reiter knapp und gab die Adresse der Schule durch.

Nachdem er das Gespräch beendet hatte, informierte er den Hausmeister Öcek über die Bestellung.

Noch am selben Tag traf der Toilettenwagen ein.

Mehmet Öcek sorgte dafür, dass der Wagen auf dem Schulhof in der Nähe der Schultoiletten platziert wurde, wies den Mitarbeiter, der für die Betreuung verantwortlich war, in die Besonderheiten des Schulbetriebs ein und versorgte ihn mit einer Grundausstattung Papier und Waschzeug.

»Unsere mobile Bedürfnisanstalt ist einsatzbereit«, sagte Öcek grinsend, als er fertig war. »Wir erwarten die Kunden.«

»Danke«, sagte Reiter. »Ich mache das jetzt schul-öffentlich.«

»Bitte erklären Sie mir noch einmal die Bedienung der Sprechanlage«, bat er Sandra Berger im Sekretariat.

Sie schaute ihn nur mitleidig an. »Den weißen und den roten Knopf drücken, dann sprechen.«

Herbert tat, wie ihm gesagt wurde.

»Liebe Schülerinnen und Schüler«, begann er seine Durchsage, »wie Sie wissen, entsprechen unsere Schultoiletten nicht den üblichen hygienischen Standards. Wir haben uns deshalb entschlossen, probehalber einen Toilettenwagen mit einer Betreuungsperson anzumieten. Sie finden ihn auf dem Schulhof in der Nähe der hauseigenen Schülertoiletten. Vielen Dank für Ihre Aufmerksamkeit.«

Er ließ die beiden Knöpfe los. »War das deutlich genug?«, wollte er von Frau Seidler wissen.

»Ja, ich habe es verstanden, obwohl das mit den „hygienischen Standards" ziemlich geschönt formuliert war«, sagte sie. »Nur: Wer ist „Wir"?«

»In diesem Fall heißt „Wir" eigentlich „Ich"«, grinste Herbert. »Ich hatte keine Lust, das Thema durch alle Instanzen zu diskutieren. Man nennt das – glaube ich – "Pluralis Majestatis.«

»Is' gut, Majestät. Das hätte ich wohl auch so gemacht.«

Der Toilettenwagen wurde wie erwartet gut angenommen, wie Reiter vom Fenster seines Büros aus sehen konnte. Einige Schüler fotografierten den in ihren Augen „stylischen" Wagen sogar mit ihren Handys.

Noch am selben Tag klopfte die Lehrerratsvorsitzende Karin Möller an seiner Tür. »Wir sind offensichtlich der Renner in den sozialen Medien!«, sagte sie mit Blick auf ihr Handy, nachdem sie sich an den Konferenztisch gesetzt hatte. »Unsere Likes explodieren förmlich.«

»Darüber habe ich gar nicht nachgedacht«, sagte Reiter. »Deshalb fotografieren die da draußen wie dolle.«

»Ich vermute einmal, dass das Wellen schlagen wird«, orakelte Frau Möller. »Der Schulträger wird sicher nicht glücklich sein. Ich weiß auch nicht, was die Bezirksregierung und das Ministerium zu dieser Aktion sagen werden.«

»Die Bezirksregierung wird das nicht weiter interessieren«, beruhigte Reiter seine Kollegin und gleichzeitig sich selbst. »Für die ist es nur wichtig, dass die Sicherheits- und Hygieneregeln eingehalten werden. Den Rest warten wir einfach ab.«

»Ich weiß nicht, ich weiß nicht«, schüttelte die Lehrerratsvorsitzenden ihren Kopf. »Ich befürchte, dass Sie Ärger bekommen.«

»Das mag sein«, sagte Reiter nachdenklich. »Aber was soll mir schon passieren? Schlimmstenfalls werde ich wieder nach Hause geschickt.«

»Das wäre schlimm genug«, sagte Frau Möller, als sie das Büro verließ.

Das Telefon klingelte nahezu ununterbrochen. Ein Reporter des lokalen, vielgehörten Radio- und Fernsehsenders „Duisburg heute", eine Mitarbeiterin der größten Zeitung vor Ort sowie ein Mitarbeiter des „Wochenanzeigers" waren durch die Berichte in den sozialen Medien auf die Aktion aufmerksam geworden und verlangten nach Hintergrundinformationen.

Reiter stand in allen Fällen Rede und Antwort – bis in den späten Nachmittag hinein.

»Wenn das so weitergeht, dann sind wir spätestens morgen Abend der Aufmacher in den Tagesthemen«, sagte er zu Kampmann, der sich zu ihm gesellt hatte, um ihn zu unterstützen. »Oder wir stehen in Großbuchstaben auf der ersten Seite der Boulevardpresse«, ergänzte Kampmann.

»Da sei Hugo vor!«, knurrte Reiter, dem immer mehr klar wurde, welche Lawine er losgetreten hatte.

Es kam, wie es kommen musste. Schulamtsleiter Kastner meldete sich kurz und knapp. »Stimmt es, was in den sozialen Medien zu lesen ist?«, begann er nach kurzem Gruß. »Ja, das stimmt«, antwortete Reiter gelassen. »Irgendwie muss ich ja Bewegung in die leidige Angelegenheit bringen.«

»Haben Sie eine Ahnung, was hier bei mir los ist?«, wollte Kastner wissen. »Heute haben schon mindestens 20 Schulleiter bei mir angerufen, die alle auch so einen Toilettenwagen haben wollen.«

»Oh, das dürfte schwierig werden«, entgegnete Reiter. »So viele Wagen wird die Verleihfirma nicht bereitstellen können.«

»Ganz abgesehen von den Kosten«, ergänzte Kastner, ohne auf Reiters ironisch gemeinte Bemerkung einzugehen. »Übrigens: wie finanzieren Sie das? Hoffentlich nicht aus dem Lehrmittelbudget!?«

»Nein. Wenn schon, dann aus dem Leermittelbudget. Mit doppeltem „e“, wenn Sie verstehen«, kalauerte Reiter. »Im Ernst: Es waren noch frei verfügbare Mittel auf dem Konto. Ich wollte sie unseren Schülern noch zugutekommen lassen, bevor sie verfallen.«

Kastner lachte kurz. Er beruhigte sich allmählich.

»Prinzipiell stehe ich auf Ihrer Seite«, sagte er. »Ich weiß ja um den Zustand der Toiletten Ihrer Schule. Aber wie ich Ihnen schon letzthin sagte: Es fehlen die Handwerker.«

»Wenn es im Westen der Stadt klappt, dann sicher auch hier«, antwortete Reiter lakonisch und dachte dabei an das Berufskolleg im Westen der Stadt, in dem die Toiletten schon renoviert waren.

Kastner war offensichtlich vorbereitet. »Ich habe noch einmal nachgesehen. Dreihunderttausend Euro sind durch den Rat der Stadt für die Renovierung der Toiletten Ihrer Schule schon vor einiger Zeit bewilligt worden. Ich setzte Sie ganz oben auf die Liste.«

»Das klingt prima, ich glaube es aber erst, wenn die Handwerker hier vor der Tür stehen«, gab Reiter zurück. »Ich kümmere mich!«, versprach Kastner.

»Klasse!«, sagte Reiter. »Wenn die Renovierung tatsächlich zeitnah in Gang kommt, dann lade ich Sie auf eine Currywurst ein.«

»Aber nur mit Pommes Spezial«, lachte Kastner.

»Ja, auch das«, bestätigte Reiter. »Mein Schulleiterkollege Rupprecht, mit dem ich mich letztlich traf, bestand auf Pommes-Schranke. Das war auch nicht schlecht.«

»Beides ist nicht gut für Figur, Herz und Kreislauf! Take care!«, schloss Kastner versöhnlich das Gespräch.

Das Ministerium meldete sich vornehm per dringlicher Dienstmail.

„Sehr geehrter Herr Oberstudiendirektor Reiter", schrieb Ministerialdirigent Dr. Rigulski, *„wir konnten diversen Pressemeldungen und sozialen Medien entnehmen, dass Sie an Ihrer Schule in Eigenverantwortung einen Toilettenwagen installiert haben. Wir weisen Sie dringend darauf hin, dass solche baulichen Veränderungen der Zustimmung des Schulträgers im Benehmen mit dem Ministerium und der Bezirksregierung bedürfen. Sie werden gebeten, sich in Zukunft an die korrekten dienstlichen Abläufe zu halten. Zudem weisen wir darauf hin, dass Kontakte zur Öffentlichkeit in solchen Fällen zu unterbleiben haben.*
Mit freundlichen Grüßen und der Bitte um zukünftige Beachtung
Dr. Rigulski"

»Es gibt noch nicht einmal die Eintragung in meine Personalakte«, monierte Reiter enttäuscht, nachdem er den Text der Mail seiner Frau vorgelesen hatte, »oder ein schriftlicher Verweis. Ich hatte mit mehr gerechnet.

Aber immerhin: Ministerialdirigent Rigulski hat höchstselbst geschrieben. Meine letzte Mahnung hatte eine Auszubildende im Ministerium verfasst. Irgendwie sehe ich das als Form der Anerkennung.«

»Ich denke, die wollen das nicht hochkochen und den Ball flach halten«, meinte Angelika. »Die haben sicher Bedenken, dass du damit an die überregionale Presse gehst, deswegen sicher auch der „Maulkorb".«

»Was kann ich denn dafür, wenn ich die Misere, die seit Jahrzehnten von allen Regierungen durch Wegsehen geduldet und ausgesessen wurde und wird, wenigstens für meinen kleinen Beritt abmildern will?«, seufzte Herbert. »Ich glaube, in den „höheren Ebenen" hat man nicht den Schatten einer Ahnung davon, in welchem menschenunwürdigen Zustand sich viele Schultoiletten befinden. Letztlich geht es doch um die einzige Hoffnung, die Menschen haben, nämlich die nachwachsende Generation, der wir Werte mit auf den Lebensweg geben sollten. Und was tun wir? Wir lassen sie, unsere Nachfolger, verkommen!«

»Du kannst die Welt allein nicht retten«, tröstete Angelika.

»Ich kann es aber versuchen, zumindest in dem kleinen Bereich, für den ich die Verantwortung trage«, bestand Herbert.

»Wie wär's mit noch einer Bratwurst auf dem Jahrmarkt?«, wechselte Angelika das Thema. »Heute Abend gibt's dann noch ein Feuerwerk dazu.«

»Meine kluge Angelika hat immer sooo gute Ideen«, sagte Herbert. »Lass' uns gehen und vergessen …«

Die Vakanz

»Regierungsschuldirektor Berkel ist für Sie am Telefon«, sagte Sandra Berger zu Reiter.

»Leitender Regierungsschuldirektor«, korrigierte Reiter grinsend. »Oder noch besser: Lei*d*ender Regierungsschuldirektor. So viel Zeit muss sein! Okay, verbinden Sie mich mit ihm.«

»Herr Berkel«, sagte er, nachdem er den Hörer abgenommen hatte, »was kann ich für Sie tun?«

»Eigentlich gar nichts«, antwortete Berkel. »Ich will Sie nur darüber informieren, dass es einen Interessenten für die Schulleitung an Ihrer Schule gibt.«

»Wie meinen Sie das?«, wollte Reiter wissen.

»Nun, die Stelle war – wie Sie wissen – lange, zu lange vakant. Jetzt ist ein Kollege darauf aufmerksam geworden, dass wir die Leitung des GKBK sozusagen interimsmäßig mit Ihnen besetzt haben. Er geht davon aus, dass wir noch immer nach einer „richtigen" Schulleitung suchen und hat sich deshalb bei uns gemeldet und sein Interesse bekundet.«

»Ach, Sie wollen die Schulleitung hier „richtig" besetzen«, blaffte Reiter. »War sie bislang nicht „richtig" besetzt?«

»Entschuldigung, so war das nicht gemeint«, sagte Berkel. »Aber Sie wissen schon, was ich damit sagen wollte.«

»Jaja«, ruderte Reiter ebenfalls zurück. »Aber schade wäre das schon, wenn ich jetzt schon wieder abgelöst würde. Ich bin doch erst ein paar Monate hier. Das wäre auch nicht gut für das Kollegium.«

Reiter hatte sich bislang noch keine Gedanken über das endgültige Ende seiner Dienstzeit gemacht. Er merkte jedoch, dass ihm die Tatsache, dass dieser Zeitpunkt näher rückte, sehr unangenehm war.

»Der Kollege würde sich aber im Vorfeld einer möglichen formellen Bewerbung das GKBK gerne einmal näher ansehen«, setzte Berkel fort, »und seine Entscheidung davon abhängig machen.«

»Auf jeden Fall will er nicht die Katze im Sack, wie man so schön sagt«, entgegnete Reiter. »Wer ist denn der Kollege?«

»Ach ja, ich vergaß seinen Namen zu nennen«, entschuldigte sich Berkel. »Vielleicht kennen Sie ihn sogar – es ist Jürgen Nowak. Er ist Fachleiter für Mathematik am Bezirksseminar Neuss.«

»*Der* Nowak aus Düsseldorf?« Reiter war fassungslos. »Natürlich kenne ich ihn. Das ist doch dieser übergewichtige Riese. Meine Referendare brachen vor seinen Unterrichtsbesuchen regelmäßig in Panik aus. Ich selbst habe einige Male mit ihm zusammen das zweite Staatsexamen abgenommen. Es war jedes Mal eine Katastrophe, wie der mit den Leuten umgegangen ist. Wo ich eine „zwei“ sah, bestand er auf einer „fünf‘. Einmal habe ich bis in die späten Abendstunden mit ihm diskutiert, bis er schließlich in einer Kampfabstimmung der Prüfungskommission überstimmt wurde.«

»Nun, Fachleitung und Schulleitung – das sind zwei vollkommen unterschiedliche Paar Schuhe«, beschwichtigte Berkel, dem Jürgen Nowaks schlechter Ruf durchaus bekannt war.

»Das sehe ich vollkommen anders«, erregte sich Reiter. »Wenn der Kollege schon Probleme bei der Führung von Referendaren hat, was soll das erst werden, wenn es um die Führung eines Kollegiums geht? Der hat doch keinerlei Ahnung von den Aufgaben und dem Tätigkeitsgebiet eines Schulleiters.«

»Ja sicher, da muss er sich einarbeiten, aber das mussten Sie ja auch leisten, ehe Sie Schulleiter wurden«, belehrte Berkel ihn.

»Ja, das ist richtig«, stimmte Reiter zu. »Aber im Gegensatz zu Nowak hatte ich vorher alle Stufen durchlaufen: Bildungsgangleiter, dann Abteilungsleiter, dann Stellvertreter und dann erst Schulleiter. Ich kannte alle Ecken und Kanten der Tätigkeit im Detail, als ich Schulleiter wurde. Aber Nowak ...?«

»Lieber Herr Reiter«, sagte Berkel, als er merkte, dass sich Reiters heftiger Widerstand aufbaute, »es ist so, wie es ist. Der Mann hat Interesse – und wir können es ihm nicht verwehren, sich für die Schulleitungsstelle zu interessieren. Zudem hat er Rückendeckung für eine mögliche Bewerbung seitens der Seminarleitung.«

»Ich kann Ihnen auch sagen, warum«, blaffte Reiter in den Hörer. »Die sind heilfroh, wenn sie ihn los sind. Der killt doch einen Referendar nach dem anderen! Außerdem ist er eine faule Socke. Seine sowieso knappen Beurteilungen schickte er immer erst kurz vor dem Abgabetermin.«

»Das ist Ihre Sichtweise«, antwortete Berkel lakonisch. »Es bleibt jedoch dabei: Herr Nowak wird Sie übermorgen um 12 Uhr im GKBK besuchen, um sich ein Bild von der Schule zu machen.«

»Gezwungenermaßen einverstanden«, antwortete Reiter. »Als guter Beamter werde ich ihm die Schule zeigen, wie sie es wünschen. Aber mehr auch nicht.«

»Danke!«, sagte Berkel, der froh war, dass das Telefonat auf sein Ende zuging. »Ich verlasse mich darauf, dass Sie Ihre Schule angemessen darstellen, wenn Sie verstehen, was ich meine.«

Reiter verstand. Sie verabschiedeten sich nach ein paar Small-Talk-Floskeln.

Reiter knallte den Hörer wütend auf das Telefon zurück. »Jetzt bin ich gerade einmal hier „angekommen“, und schon wollen die mich wieder kaltstellen«, dachte er. »Aber das ohne mich!«

»Herbert, was ist los?«, fragte Angelika ihren Mann, der seit einer Stunde ohne ein Wort zu sagen auf den ausgeschalteten Fernseher starrte. Sie kannte ihn nach über vierzig Ehejahren gut genug, um zu wissen, dass ihn irgendetwas bedrückte.

»Wie es aussieht, hast du mich bald wieder ganz für dich«, seufzte Reiter und erzählte ihr von dem unangenehmen Telefonat mit Berkel.

»Das tut mir leid, mein Schatz«, sagte sie mitfühlend, »für dich und auch für mich. Ich empfand die letzten Monate als sehr schön. Du warst wie ausgewechselt.«

Reiter selbst war das bislang gar nicht aufgefallen. Aber es stimmte. Seine Melancholie war wie weggeblasen, der Fernseher wurde nur noch für Sendungen eingeschaltet, die ihn wirklich interessierten, kurz: Herbert war seit seinem Wiedereintritt in den Schuldienst wesentlich ausgeglichener als jemals zuvor.

»Kannst du nichts dagegen unternehmen?«, setzt sie fort.

Gedankenverloren schüttelte Reiter seinen Kopf. »Nein, als Lehrer-Opa bist du aus beamtenrechtlicher Sicht eher ein Außenseiter. Du hast zwar die gleichen Rechte wie jeder andere Beamte, aber wenn es um Stellenbesetzung geht ... da bist du außen vor.«

»Dann warte erst einmal ab«, versuchte Angelika ihn zu trösten. »Vielleicht hat er ja nach der Besichtigung der Schule kein Interesse mehr daran, sich auf die Schulleiterstelle zu bewerben.«

Herbert horchte aufmerksam auf. »Ja, das mag wohl sein«, murmelte er und spürte, wie sein alter Kampfgeist wieder in ihm erwachte.

Die Nacht verlief sehr unruhig. Reiter träumte von riesenhaften apokalyptischen Kerlen, die sich über die Schule hermachten und die Kollegen verprügelten. Schweißgebadet wachte er bereits um 7 Uhr auf

»Ich fahre heute früher zur Schule«, sagte er knapp zu Angelika. »Ich habe viel zu tun.«

»Hoffentlich erschrecken deine Kollegen nicht, wenn du so früh dort bist«, frotzelte Angelika, als er die Haustür öffnete.

»Ja, das kann schon sein«, rief er und verließ das Haus.

»Oh, ist da jemand aus dem Bett gefallen?«, wollte Sandra Berger schnippisch wissen, als Reiter um halb neun das Sekretariat betrat. Sie saß zusammen mit ihrer Kollegin Pia Seidler am Computer. Sie waren zusammen damit beschäftigt, die Schülerdatei auf den aktuellen Stand zu bringen.

»Ich wiederhole mich ungern«, grinste Reiter, »aber wie buchstabiert man „Berger"?«.

Pia Seidler sah die beiden irritiert an.

»Der Chef ist der Meinung, mit dem Lösungswort Z-I-C-K-E einen umwerfenden Witz gemacht zu haben«, klärte Sandra ihre Kollegin auf.

»Das stimmt ja auch manchmal«, kicherte Pia Seidler. Als Antwort bekam sie einen Stoß in die Rippen.

»Aber jetzt einmal im Ernst«, setzte Reiter fort. »Ich weiß, dass ich mich auf Ihre Vertraulichkeit verlassen kann. Es gibt einen Interessenten für die dauerhafte Übernahme der Schulleitung hier. Das ist noch nicht offiziell, deswegen bitte ich um Geheimhaltung, insbesondere gegenüber dem Kollegium.«

»Och, nöö«, sagte Pia Seidler. »Wir haben uns doch erst gerade an Sie und Ihre Macken gewöhnt.«

»Ah, noch eine Zicke«, sagte Reiter lächelnd. »Ich sollte mich wohl demnächst als Ziegenhirt bewerben.«

»Ach, das mit dem neuen Schulleiter geht wirklich gar nicht«, bedauerte Sandra Berger. »Pia hat vollkommen recht. Das wird auch dem Kollegium nicht passen.«

»Er wird morgen kommen, um die Schule zu besichtigen«, setzte Reiter fort. »Ich möchte es ihm nicht allzu gemütlich machen, sonst denkt der noch, dass er hier willkommen ist.«

»Verstehe«, sagte Sandra Berger. »Also keinen Kaffee?«

»Ge-nau«, antwortete Reiter. »Und auch kein Wasser, keine Plätzchen, eben nichts von dem üblichen Kram.« Er stütze sich mit beiden Armen auf die Theke im Sekretariat auf und beugte sich vor.

»Er wird morgen gegen 12 Uhr hier auflaufen. Ich werde dann noch mindestens 10 Minuten lang mit einem Kollegen in einer wichtigen Besprechung sitzen. Lassen Sie ihn so lange draußen auf dem Gang warten. Kommen Sie dann bitte nach einer halben Stunde in mein Büro, um mich an den Termin im Schulamt mit Kastner wegen der Toiletten zu erinnern.«

»Haben Sie denn einen Termin mit Herrn Kastner?«, wollte Sandra wissen.

Reiter schaute sie nur groß an. Sie verstand.

»Wer ist denn der Bewerber?«, fragte Pia Seidler.

»Sie kennen ihn vielleicht vom Sehen«, antwortete Reiter. »Es ist Jürgen Nowak, der Fachleiter.«

»Der?«, riefen beide wie aus einem Mund. »Dieser adipöse Riese, der unsere supergute Referendarin vor drei Jahren durchfallen lassen wollte, weil sie zwei Tippfehler im Unterrichtsentwurf hatte?«, ergänzte Sandra Berger.

»Das mag sein, da war ich leider noch nicht hier«, bestätigte Reiter. »Das Verhalten passt jedenfalls – so kenne ich ihn auch.«

»Chef, den wollen wir auf keinen Fall!«, sagte Pia Seidler entsetzt. »Wenn der kommt, dann … dann … dann lasse ich mich versetzen. Von mir aus an eine Grundschule.«

»Ich auch«, stimmte Sandra sofort zu. »Wir sind dann auf jeden Fall weg.«

»Nun gut, dann sehen wir gemeinsam zu, dass es nicht so kommen wird«, sagte Reiter lächelnd. »Ich bin in dieser Beziehung eigentlich ganz zuversichtlich.«

Bevor er in sein Büro ging, wandte er sich noch einmal kurz um. »Bitte bestellen Sie unseren Hausmeister Öcek und Herrn Hoffmann zu einer kurzen Dienstbesprechung in mein Büro! Und danach den Kollegen Kampmann.«

»Wird gemacht, Chef!«

Nowak kam fast eine halbe Stunde zu spät. Schwitzend stand er in der Tür zum Sekretariat. Wegen seiner Größe musste er sich leicht vorbeugen, um nicht mit seinem Kopf an die obere Türkante zu stoßen.

»Ich habe einen Termin mit dem Schulleiter«, eröffnete er grußlos das Gespräch.

»Ja, ich weiß«, antwortete Sandra Berger knapp. »Herr Reiter hat Ihr Kommen für 12 Uhr eingetragen.« Sie blätterte wichtigtuerisch in ihrem Terminkalender und machte eine Pause, um ihrem Gegenüber die Gelegenheit zur Erklärung der Verspätung zu geben.

»Isser denn da?«, fragte dieser stattdessen.

»Natürlich ist Herr Reiter im Haus«, antwortete sie schnippisch. »Er befindet sich jedoch gerade in einem wichtigen Gespräch mit einem Kollegen.«

»Dann warte ich«, schnaubte Nowak. »Wo kann ich mich setzen?«

Nowak hatte sichtbar an der Last seines Körpers zu tragen und hielt nach einer Sitzgelegenheit Ausschau.

»Bitte warten Sie auf dem Gang«, antwortete Berger knapp. »Ich muss jetzt zu meiner Kollegin und schließe das Sekretariat deshalb ab.«

Sie hatte mit Pia Seidler ausgemacht, dass diese mit dem Vorwand einer dringenden Tätigkeit Hilfe brauche.

»Sandra, kommst du?«, rief Pia vom Flur aus. Sandra konnte sie nicht sehen, weil die Tür komplett durch Nowak verdeckt war.

»Ja, ich komme«, rief sie zurück und stand auf. »Arbeit geht vor, Sie verstehen?«, sagte sie schnippisch.

Nowak verfügte sich schnaubend auf den Gang.

»Herr Reiter wird Sie empfangen, wenn er mit dem Gespräch fertig ist«, kündigte Frau Seidler an, ehe sie im Schülersekretariat verschwand.

Herbert Reiter hatte Zeit. Viel Zeit. Nach einer Viertelstunde sagte er zu Kampmann, den er in alles eingeweiht hatte »Ich denke, ich lasse jetzt einmal meinen Nachfolger herein.«

»Um Gottes willen!«, flüsterte Kampmann. »Geben Sie Ihr Bestes!«

»Und vergessen Sie nicht, einen Strafantrag zu stellen!«, sagte Kampmann laut vernehmbar, als er das Schulleitungsbüro verließ.

»Das ist sehr viel Arbeit«, klagte Reiter laut zurück. »Das werden wieder einmal unzählige Überstunden für mich! Ich muss doch alles protokollieren, dokumentieren und begründen.«

»Das ist ihr Job!«, sagte Kampmann spitz. »Sie haben es sich ja so ausgesucht.«

»Ah, da sind Sie ja«, tat Reiter überrascht und sah in Richtung Nowak. »Kommen Sie herein.«

Er vermied jeden Körperkontakt und wies seinem Besucher einen Stuhl mit Armlehnen am Konferenztisch zu. Mühsam schnaufend zwängte Nowak sich auf den Sitz, dessen Beine unter seinem Gewicht ächzend auseinanderrutschten.

»Sie interessieren sich also für die Schulleitungsstelle hier am GKBK?«, eröffnete Reiter das Gespräch. »Ich bin ja so froh, dass sich jemand findet, der mir die Bürde des Amtes wieder abnimmt.«

Nowak sah ihn mit großen Augen an, sagte aber nichts. Der Schweiß tropfte ihm von der Stirn.

»Haben Sie sich denn über uns informiert?«, fuhr Reiter fort und setzte sich auf seinen bequemen Ledersessel hinter dem Schreibtisch.

»Ich war schon einige Male hier«, grunzte Nowak. »Zweite Staatsexamen.«

»Ach ja, das war vor meiner kurzen Zeit hier«, tat Reiter unwissend.

»Na, dann werde ich Ihnen unsere Schule einmal aus Schulleitungssicht vorstellen, damit Sie sich ein realistisches Bild machen können«, fuhr er fort. »Das GKBK ist eine Bündelschule mit den Schwerpunkten Technik und Wirtschaft. Wir haben aktuell etwa 1500 Schülerinnen und Schüler aus 56 Nationen.«

Reiter wurde klar, dass Nowak rein gar nichts über die Schule wusste, deren Leitung er übernehmen wollte.

»Das GKBK hat den Standortfaktor 9«, setzte er fort. Reiter log ein wenig, denn das GKBK hatte einen relativ guten Standortfaktor, das war ihm jedoch egal. Er sah, dass Nowak diese Aussage nicht zuordnen konnte.

»Standortfaktor oder auch Sozialfaktor bedeutet, inwieweit der Sozialraum der Schule belastet ist, auf einer Skala von 1 bis 10. Standortfaktor 1 bedeutet: sehr gut, also beispielsweise ein Gymnasium im Nobelvorort Essen-Bredeney, Standortfaktor 10 wäre dagegen beispielsweise eine heruntergekommene Hauptschule in

Duisburg-Marxloh. Und wir haben nun einmal den Faktor neun.«

»Das ist nicht gut«, stellte Nowak überflüssigerweise fest.

»Gut erkannt«, lobte Reiter sein Gegenüber, als wäre er ein kleines Kind. »Leider sind wir in allen Belangen am unteren Ende der Leistungsskala«, ergänzte er. »Das gibt regelmäßig viel Ärger mit der Bezirksregierung, dem Ministerium und dem Schulträger. Ich höre bisweilen Gerüchte, dass das GKBK wegen Qualitätsmängeln geschlossen werden soll. Nur die Flüchtlingsklassen halten uns hier über Wasser«, log er weiter. Nowak versuchte, auf dem schmalen Stühlchen in eine bequemere Position zu kommen und rutschte auf dem kleinen Sitz nach vorne. Plötzlich machte es „Ratsch". Offensichtlich hatte die Rückennaht seiner speckigen Jacke den wirkenden Kräften nicht mehr standhalten können. Nowak ignorierte das Geräusch und Reiter folgte seinem Beispiel.

Herbert hatte sich warm geredet.

»Zu meinen wichtigsten Aufgaben gehört, jeden Monat einmal durch die Klassen zu gehen und die wegen Straftaten verurteilten Schüler zu zählen, damit uns eine halbe Stelle für eine Fachkraft für Sozialarbeit genehmigt wird. Das ist kein Problem, allein schon wegen der zahlreichen Auseinandersetzungen von Familienclans hier im Stadtteil.«

Er log, dass sich die Balken bogen.

»Das Kollegium ist leider auch anstrengend«, berichtete Herbert, ohne rot zu werden. »Wir haben einen hohen Krankenstand und zahlreiche Widersprüche gegen alles

Mögliche. Schriftkram eben. Manchmal schlage ich mir halbe Nächte um die Ohren, um das alles zu schaffen.« Alles gelogen.

Reiter sah auf die Uhr. »Noch fünf Minuten. Durchhalten, Alter!«, dachte er.

»Das Gebäude ist marode«, schwindelte Reiter, denn dank des Hausmeisters war es in einem vergleichsweise sehr guten Zustand. »Und die Toiletten sind unbenutzbar. Deshalb habe ich einen Toilettenwagen auf den Schulhof stellen lassen.«

In diesem Fall schwindelte Herbert Reiter ausnahmsweise nicht.

»Die Verwaltungsabläufe müssen dringend überarbeitet werden, aber dazu bin ich noch nicht gekommen. Überlastung, verstehen Sie? Ich habe vor, noch ein bisschen länger zu leben.«

Nowak starrte ihn mit offenem Mund an.

Ehe Reiter seine virtuelle Mängelliste fortsetzen konnte, ertönte der Feueralarm in höchster Lautstärke. »Nicht schon wieder!«, seufzte Reiter vernehmlich. »Es ist der fünfte Alarm in dieser Woche. Letzte Woche waren es 12, also mindestens zweimal täglich. Sämtlich Fehlalarme. Trotzdem müssen wir uns zu den Sammelpunkten bewegen. Unser Sammelpunkt ist leider sehr weit entfernt, wir müssen dorthin laufen.«

»Alarm!«, sagte Sandra Berger und streckte ihren Kopf ins Schulleitungsbüro.

»Ach, nee!«, sagte Reiter ironisch, »das hätte ich jetzt wirklich nicht gedacht.«

»Deswegen komme ich auch nicht«, sagte sie mit gespielt beleidigtem Ton. »Ich wollte Sie an Ihren Termin bei Herrn Kastner im Schulamt erinnern.«

»Ach ja, den hätte ich beinahe vergessen. Danke! Ich geleite unseren Besucher noch zum Sammelpunkt, dann starte ich. Rufen Sie doch bitte Herrn Kastner an und sagen ihm, dass ich mich etwas verspäten werde.«

»Formvollendet und pflichtbewusst wie immer!«, stellte Frau Berger mit einem grimmigen Blick in Richtung Nowak fest.

Nowak versuchte, sich aus dem Stuhl, in dem er wie in einen Schraubstock eingeklemmt saß, zu befreien. Dabei riss die Naht seiner Jacke deutlich hörbar weiter auf. Reiter eilte ihm zu Hilfe und hielt den Stuhl am Boden fest, als Nowak sich schwer atmend erhob.

»Bis zum Sammelpunkt sind es knapp 400 Meter, wenn wir durch die Einzelgebäude laufen«, erklärte Reiter. »Dann können Sie auf dem Weg gleichzeitig einen Eindruck vom Gebäudezustand gewinnen. So hat der Alarm, der sicher ein Fehlalarm ist, auch etwas Positives«

Herbert Reiter hatte am Vortag den Hausmeister Öcek gebeten, alte, kaputte und beschmierte Tische und Stühle aus dem Keller zu holen und diese gegen die neuen Schulmöbel auszutauschen. Außerdem sollten die Böden der Klassenräume mit Papierknubbeln, leeren Flaschen und ähnlichem Müll bedeckt sein.

Öcek hatte ganze Arbeit geleistet. Nowak und Reiter gingen durch einen Flur, von dem aus die Klassenräume aussahen wie nach dem Besuch einer Vandalenbande.

Nowak war offensichtlich fassungslos.

»Jetzt müssen wir nur noch nach dort drüben, dort ist unser Sammelpunkt«, erklärte Reiter kühl, als sie an der Eingangstür standen.

Genau in diesem Augenblick stieß der Schulverwaltungsassistent Klemens Hoffmann zu den beiden.

»Die Kriminalpolizei hat angerufen«, sagte er mit wichtiger Miene. »Sie möchten bitte heute zu einer Gegenüberstellung und zu einer Zeugenaussage zu ihnen kommen.«

»Schon wieder?«, stöhnte Reiter. »Das ist das dritte Mal in dieser Woche. Und die Kollegen haben immer viel Zeit, das dauert immer sehr lange. Ich rufe gleich meine Frau an und teile ihr mit, dass ich vor 21 Uhr nicht nach Hause kommen werde.«

»Wat mutt, dat mutt«, antwortete Hoffmann knapp.

»Björn Engholm, 1991«, sagte Reiter.

»Stimmt!«, bestätigte Hoffmann. »Das ändert aber nichts an der Tatsache, dass Sie ...«

Reiter wandte sich wieder an Nowak. »Gehen wir?«

»Nein danke«, keuchte Nowak, hörbar belastet von dem kleinen Fußmarsch. »Ich habe einen umfassenden Eindruck bekommen. Ich fahre nach Hause.«

Reiter verabschiedete ihn höflich, weiterhin jeglichen Körperkontakt meidend und sah, wie er sich auf dem gegenüberliegenden Parkplatz in einen VW-Polo zwängte. Auf der Rückseite seiner Jacke klaffte gut sichtbar ein langer Riss. »Armes Auto«, sagte er mitleidig zu Hoffmann, der noch neben ihm stand.

»Arme Federung«, präzisierte Hoffmann. »Aber eine luftige Jacke hat er schon, wenn ich das richtig sehe.«

Es gongte zur Pause. Reiter hatte Hoffmann gebeten, den Alarm zehn Minuten vor Pausenbeginn auszulösen. »Dann geht nicht viel Unterrichtszeit verloren«, hatte er gesagt.

Auf dem Weg zurück zum Schulleitungsbüro begegnete ihm Mehmet Öcek. »Das, lieber Herr Öcek, das war Ihr Meisterstück«, lobte er den Hausmeister. »Viel schlimmer hätte es in der New Yorker Bronx nicht aussehen können. Vielen, vielen Dank!«

»Nicht dafür«, sagte Öcek grinsend. »Es hat ja Spaß gemacht.«

Klemens Hoffmann gab dem Hausmeister die Schutzscheibe des Feuermelders zurück. Er hatte sie vor Auslösung des Alarms aus Sparsamkeitsgründen demontiert.

»Sie sollten beide ins künstlerische Fach als Schauspielerinnen im Theater wechseln«, schlug Reiter seinen beiden Sekretärinnen vor, als sie ins Sekretariat zurückkamen. »Das haben Sie super hinbekommen. Vielen Dank!«

»Wenn's geholfen hat, sehr, sehr gerne«, freute sich Pia Seidler.

Selbst der Auftritt von Kampmann war von vorne bis hinten inszeniert.

»Ich hätte nie gedacht, dass ich meine Schule einmal schlecht machen würde«, sagte er, nachdem Reiter sich auch bei ihm bedankt hatte. »Hoffentlich hat es geholfen. Der Bewerber hinterließ bei mir keinen sonderlich sympathischen Eindruck.«

»Das lassen wir einfach einmal so stehen«, sagte Reiter lächelnd. »Sie aber waren zu einhundert Prozent glaubwürdig in Ihrer Wut! Danke dafür. Warten wir ab, was geschieht. Vielleicht stimmt ja der Ausspruch von Machiavelli: „Der Schein ist die Eigentlichkeit".«

Kampmann, Hoffmann und er halfen dem Hausmeister, die Klassenräume wieder in den Normalzustand zurückzuversetzen. »Ich lade Sie alle einmal zu einem gemeinsamen Frühstück ein«, sagte er nach Abschluss der Säuberungsaktion. »Wenn es funktioniert hat, dann war's der Mühe wert.«

Reiter saß noch keine halbe Stunde an seinem Schreibtisch, als das Telefon klingelte.

»Reiter.«

»Hallo Herr Reiter. Berkel hier«, meldete sich der schulfachliche Dezernent.

»Ja Hallo Herr Berkel, schön, dass Sie anrufen. Was kann ich für Sie tun?«, tat er harmlos.

»Ich will Ihnen nur mitteilen, dass der Kollege Nowak soeben seine inoffizielle Bewerbung zurückgezogen hat. Er möchte weiter als Fachleiter am Seminar bleiben. Gründe für seinen Sinneswandel hat er nicht angegeben.«

»Oh, das finde ich schade«, log Reiter, bemüht, sich ein lautes Lachen zu verkneifen. Stattdessen ballte er seine freie Faust in einer Art Siegerpose in die Luft

»Wirklich?«, hakte Berkel nach. »Ich habe nicht den Eindruck.«

»Na ja, der so ganz zum GKBK passende Bewerber war Herr Nowak aus meiner Sicht nicht«, gab Reiter zu. »Ich habe ihm jedoch unsere Schule so realitätsnah wie möglich dargestellt. Vielleicht hat er erkannt, dass er das Anforderungsprofil an einen Schulleiter nur teilweise erfüllen würde, wenn überhaupt.« So ganz konnte er das Flunkern noch nicht lassen.

»Ich möchte nicht wissen, was Sie ihm alles erzählt haben«, monierte Berkel. »Ich möchte eigentlich gar nichts wissen.«

Er legte eine Pause ein und setzte dann fort.

»Auf jeden Fall – egal, wie Sie es geschafft haben – ich danke Ihnen dafür, dass der Kollege sein Interesse an der Schule verloren hat. Ich sah ihn ebenfalls als totale Fehlbesetzung. Aber aus meiner Position heraus kann ich erst einmal nichts machen.«

Reiter war überrascht. Mit so viel Ehrlichkeit hatte er nicht gerechnet.

»Es ist leider nicht selten zu beobachten: Menschen wollen Karriere machen und eine Schule übernehmen und sind dann verwundert, wenn sie nicht eine blutarme Behörde, sondern Menschen mit allen ihren Fehlern und Fehlbarkeiten bekommen. Oder sie sind sogar überfordert«, sinnierte Reiter. »Und in diesem Fall war es wohl so.«

»Dann bleiben wenigstens *Sie* uns bitte noch eine Zeitlang erhalten«, schloss Berkel das Gespräch ab. »Und ich verspreche Ihnen, Sie zu gegebener Zeit an der Auswahl Ihrer Nachfolge zu beteiligen.«

»Das mache ich sehr, sehr gerne«, freute sich Reiter, »denn es ist eine wunderbare Schule, mit einem kompetenten Kollegium, einem Super-Sekretariat und einer großartigen Schülerschaft. Ein Kollege von mir hat einmal gesagt: „Eine Schule ist die Welt im Kleinen". Für das GKBK stimmt es auf jeden Fall. Hier werden Schülerinnen und Schüler von engagierten Lehrerinnen und

Lehrern aus mehr als 56 Nationen beschult, die in Frieden und in einem guten sozialen Kleinklima miteinander und voneinander lernen. Was will man mehr?«

»Ein gutes Schlusswort, Herr Kollege«, sagte Berkel. »Ich komme übrigens in den nächsten Tagen bei Ihnen vorbei, um mit Ihnen und dem Schulamtsleiter über Ihre Fixi-Klo-Aktion zu sprechen. So geht das nicht, mein Lieber!«

»Ich weiß«, grinste Reiter, »aber es war reine Notwehr.«

Ferienbeginn

»Na, da schau her!«, sagte Angelika zu Herbert. »Die haben tatsächlich neue Messer angeschafft. Mit Sägeschliff. Damit macht das Pizzaessen so richtig Spaß.«

Reiters saßen auf der Terrasse der Pizzeria „Trinacria" in Schmachtendorf, um den erfolgreichen Abschluss des Schuljahres und den Beginn der Sommerferien zu feiern.

»Zum ersten Mal seit Langem habe ich wieder das Gefühl, mir die Ferien verdient zu haben«, sinnierte Reiter, während er die Spaghetti auf seine Gabel wickelte.

»Die hast du dir auch wirklich verdient«, bestätigte Angelika. »Es ist ja einiges passiert in der kurzen Zeit an der Schule.«

»Was meinst du: Soll ich nach den Ferien weitermachen?«, fragte er. »In der Schulleitung, meine ich.«

»Wie ich dir schon gesagt habe: Ich habe den Eindruck, dass dir die Arbeit guttut«, antwortete Angelika und schnitt ein weiteres Stück von ihrer Pizza ab. »Du bist wie ausgewechselt, seitdem du wieder eine Struktur im Alltag hast.«

»Ich habe zusätzlich das Gefühl, dass mir mein Alter wenigstens in diesem Job weiterhilft«, ergänzte Herbert. Angelika sah ihn fragend an.

»Nun, mit zunehmendem Alter schwinden die körperlichen Fähigkeiten allmählich – ich denke da an meinen Rücken und meine Knie«, erklärte er. »Im Gegenzug wachsen jedoch die Fähigkeiten, die mir die Tätigkeiten als Schulleiter erleichtern.«

»Ach, so meinst du das«, sagte Angelika. »Welche Fähigkeiten meinst du denn?«

»Lass' es mich mit Platon sagen«, antwortete Herbert. »Für ihn gab es vier Kardinaltugenden, die man als Schulleiter gut gebrauchen kann ... «

»Als da sind ...?«, wollte Angelika mit einem Anflug von Ungeduld wissen.

»Erstens die Weisheit – sie kommt leider erst mit dem Alter«, begann Herbert seine Aufzählung. »Zweitens die Mäßigung – denn es bleibt einem im Alter nichts anderes übrig, weil der Körper nicht mehr alles mitmacht. Drittens: Gerechtigkeit – die braucht er genauso wie Viertens: Tapferkeit zur Führung der Schüler und des Kollegiums.«

»Klingt gut!«, bestätigte Angelika knapp.

»Wie du siehst, man kann auch dem Alter positive Seiten abgewinnen«, schloss Herbert seine Ausführungen. »Der Körper wird zwar schwächer, aber der Geist kann weiterwachsen, sofern man nicht dement wird.«

Ehe Angelika darauf antworten konnte, wurden sie in ihrem Gespräch unterbrochen.

»Hallo, ihr beiden«, hörten sie Herberts Bruder Horst sagen. »Hattet ihr auch keine Lust zu kochen?«

»Messerscharf erkannt!«, sagte Herbert zu Horst und Beate, die sich unbemerkt angeschlichen hatten. »Setzt euch zu uns.«

»Habt ihr schon etwas für die Ferien geplant?«, wollte Beate wissen.

»Ja, wir machen eine Donaukreuzfahrt. In zwei Wochen geht es los«, antwortete Angelika und trennte ein weiteres Stück Pizza ab.

»Da fühlen wir uns wieder jung«, ergänzte Herbert lachend. »Denn erfahrungsgemäß sind wir die Jüngsten an Bord.«

»Übrigens«, flüsterte Horst seinem Bruder, neben den er sich gesetzt hatte, ins Ohr, »ich habe bei Ebay eine schöne Gitarre entdeckt, eine Kohno 20 von aus dem Jahr 1975, fachmännisch restauriert, fast wie neu ...«

Weitere Bücher

Der Polyphem

Der erste Kriminalroman, in dem die Gitarre eine
Hauptrolle spielt.

Ein unbekanntes Mordopfer liegt, mit bloßen Händen erwürgt,
in einem mit Wasser gefüllten Bombenkrater aus dem II. Welt-
krieg im Schmachtendorfer Wald im Oberhausener Norden.
Dem Toten wurde eine Angelschnur um den Hals gewickelt.
Ein Fall für Kommissar Horst Reiter und seine Kollegen. Zu Beginn seiner Ermittlungen ahnt er nicht, dass der Fall sehr viel mit
seiner eigenen Vergangenheit und Gegenwart zu tun hat. Bis er
zu dieser Erkenntnis kommt, müssen noch einige Menschen
sterben.
Hauptkommissar Horst Reiter, der als junger Mann sein Gitar-
renstudium nach einem sieglosen Wettbewerb in Mettmann
1985 abbrach, liebt die Konzertgitarre und deren Musik. Auf seinen Autofahrten zu den Tatorten und zu Hause hört und spielt er
Gitarrenmusik, die auf der zum Buch gehörenden CD einge-
spielt ist. Ein spannender Krimi, nicht nur für Gitarristen.

Taschenbuch, 264 Seiten.
BOD, Norderstedt.
ISBN: 978-3-732-28513-6

Der Prinzipal

Horst Reiters zweiter Fall

Eine Einbruchserie erschüttert das Vertrauen der Schmachtendorfer Bevölkerung in ihre Polizei. Doch noch während Horst
Reiter und sein Team die Einbrüche aufklären können, müssen
sie sich mit dem augenscheinlichen Selbstmord des Leiters eines
Berufskollegs in Duisburg auseinandersetzen.
Ein weiterer spannender Kriminalfall mit Horst Reiter, in dem
die Konzertgitarre keine Nebenrolle spielt. Die zum Buch gehö-
rende CD mit Werken von Bernardini, Behrend, Baden Powell
u. a. ist auch als kostenfreier Download erhältlich.

Taschenbuch, 260 Seiten.
BOD, Norderstedt.
ISBN: 978-3- 743 – 195943

*Die Musik zu den Büchern kann bei den entsprechenden Internetpor-
talen (z. B. Spotify, Amzon music, YouTube etc.) kostenfrei abgerufen werden.*

Siegfried Behrend – Stationen

Stark erweiterte und aktualisierte Neuausgabe des Buches Stationen (2000) anlässlich des 85. Geburtstages von Siegfried Behrend im November 2018. Mit zahlreichen Abbildungen und Verzeichnissen zum Leben und zum Lebenswerk dieser Ausnahmeerscheinung der Musik im Deutschland des 20. Jhd.
Mit Beiträgen von Marc Boettcher, Rüdiger Grambow, Matthias Henke, Manuel Negwer, Martin Maria Krüger, Helmut Richter und Michael Tröster.

Taschenbuch, Umfang: 200 Seiten, ca. 180 Abbildungen.
Herstellung: BoD – Books on Demand, Norderstedt, 2018.
ISBN 978-3-7460-5652-4

**Weitere Publikationen und CDs siehe
www.helmut-richter.de**

 **Helmut Richter** begann mit 16 Jahren während seiner Ausbildung zum Maschinenschlosser autodidaktisch das Gitarrespiel zu lernen. Ab 1976 Meisterschüler des Gitarristen Siegfried Behrend. 1981 erster Preis beim Regensburger Gitarrenwettbewerb, 1982 Prüfung zum Musikerzieher. Neben den Gitarrenstudien Studium in den Fächern Maschinenbau, Erziehungswissenschaften und Physik, später zusätzliche Studien in Psychologie und Neurobiologie.

Promotion zum Dr. phil. (Berufspädagogik). Zahlreiche CD- und Rundfunkaufnahmen, Buchveröffentlichungen und Veröffentlichungen eigener Kompositionen. Bundesgeschäftsführer der European Guitar Teachers Association.

Bis 2021 war er Schulleiter eines Berufskollegs im Ruhrgebiet.